『豹頭王の苦悩』

ロベルトの足取りは、もう黒曜宮を歩き馴れているからだろうが、なめらかで、まったくためらうところはない。（90ページ参照）

ハヤカワ文庫JA

〈JA931〉

グイン・サーガ⑫

豹頭王の苦悩

栗本　薫

早川書房

6336

PANTHER-KING IN PAIN

by

Kaoru Kurimoto

2008

カバー／口絵／插絵

丹野　忍

目次

どのような英雄豪傑も、どのような碩学もまぬかれぬもの、それは「人としての苦悩」である。妻と子と家族にまつわる煩悩こそは、古来すべての人間をとらえてきた、永遠の宿命であった。
だから、私は、一生家族を持たぬことに決めているのである。

「アレクサンドロスの知恵の書」より

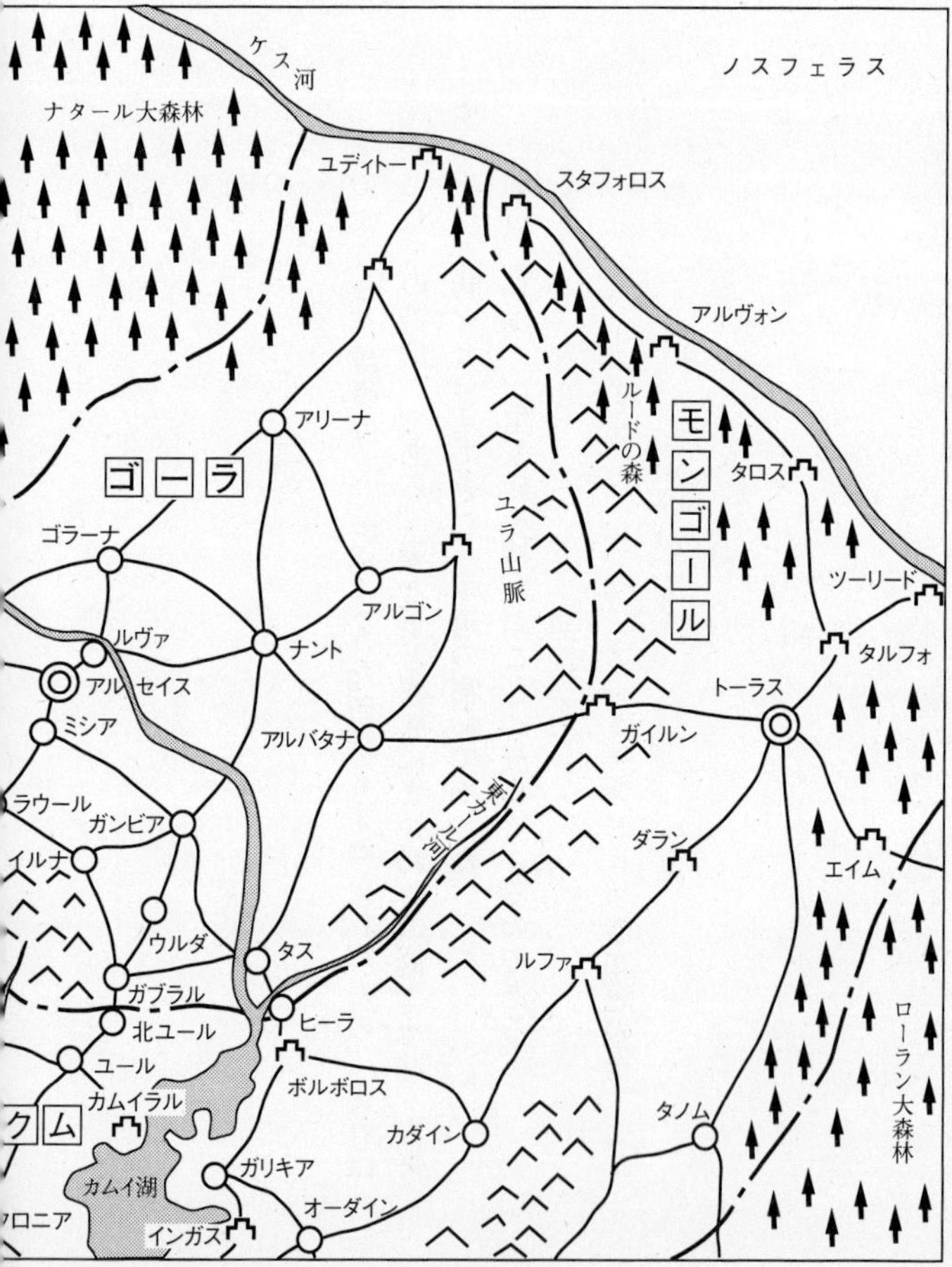
ケス河
ノスフェラス
ナタール大森林
ユディトー
スタフォロス
アルヴォン
アリーナ
ゴーラ
モンゴール
ルードの森
ユラ山脈
タロス
ゴラーナ
アルゴン
ツーリード
ルヴァ
ナント
タルフォ
アルセイス
トーラス
ミシア
アルバタナ
ガイルン
東カール河
ラウール
ガンビア
ダラン
イルナ
エイム
ウルダ
タス
ルファ
ガブラル
ヒーラ
北ユール
ローラン大森林
ユール
ボルボロス
カムイラル
クム
タノム
カダイン
ガリキア
カムイ湖
オーダイン
インガス

〔中原拡大図〕

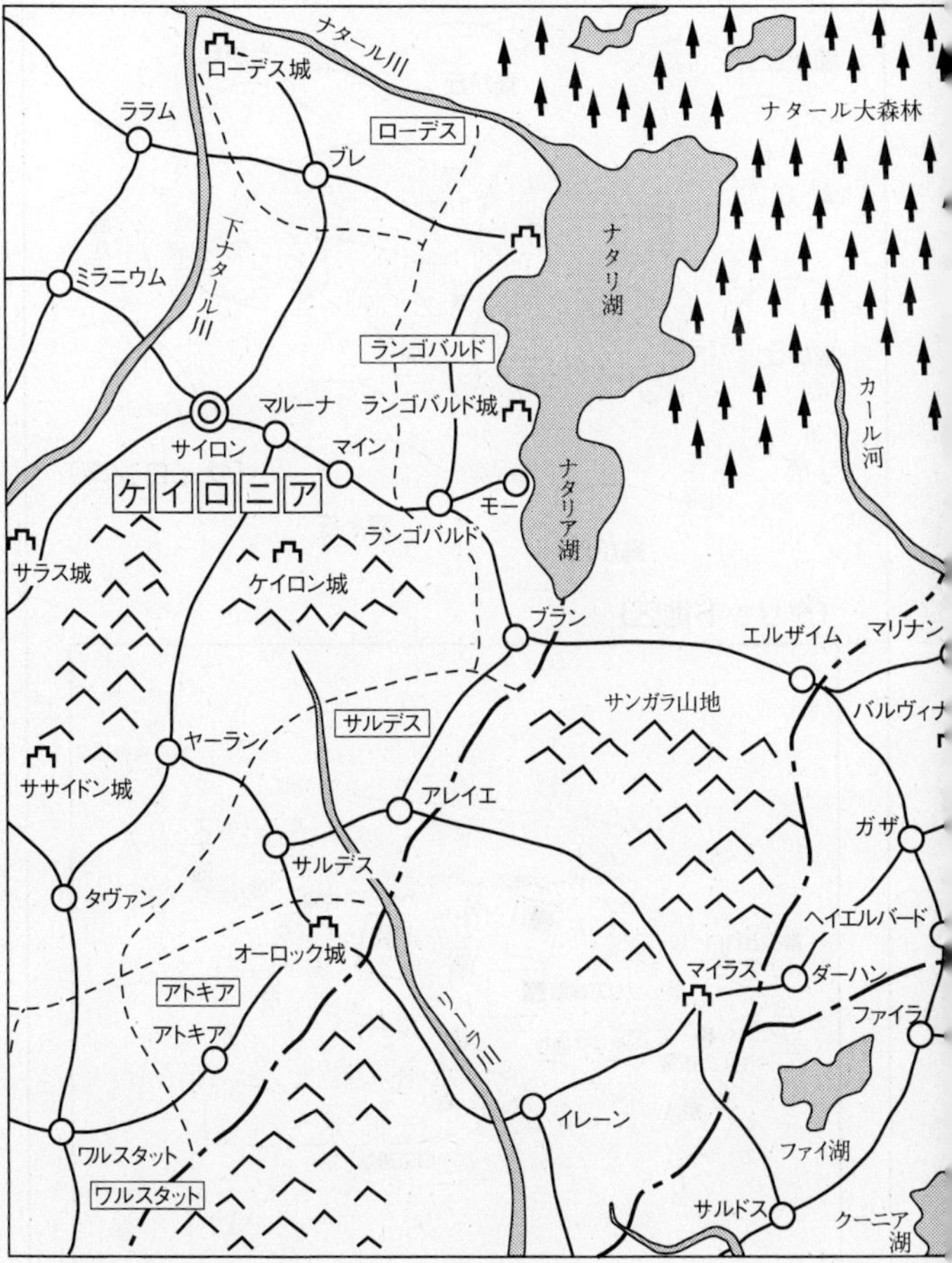
ナタール川
ローデス城
ララム
ローデス
ブレ
ナタール大森林
ナタリ湖
ミラニウム
下ナタール川
ランゴバルド
ランゴバルド城
カール河
マルーナ
サイロン
マイン
モー
ナタリア湖
ケイロニア
ランゴバルド
サラス城
ケイロン城
ブラン
エルザイム
マリナン
サンガラ山地
バルヴィナ
サルデス
ヤーラン
ササイドン城
アレイエ
ガザ
サルデス
タヴァン
ヘイエルバード
オーロック城
マイラス
ダーハン
アトキア
ファイラ
アトキア
リーラ川
イレーン
ファイ湖
ワルスタット
ワルスタット
サルドス
クーニア湖

〔サイロン〕

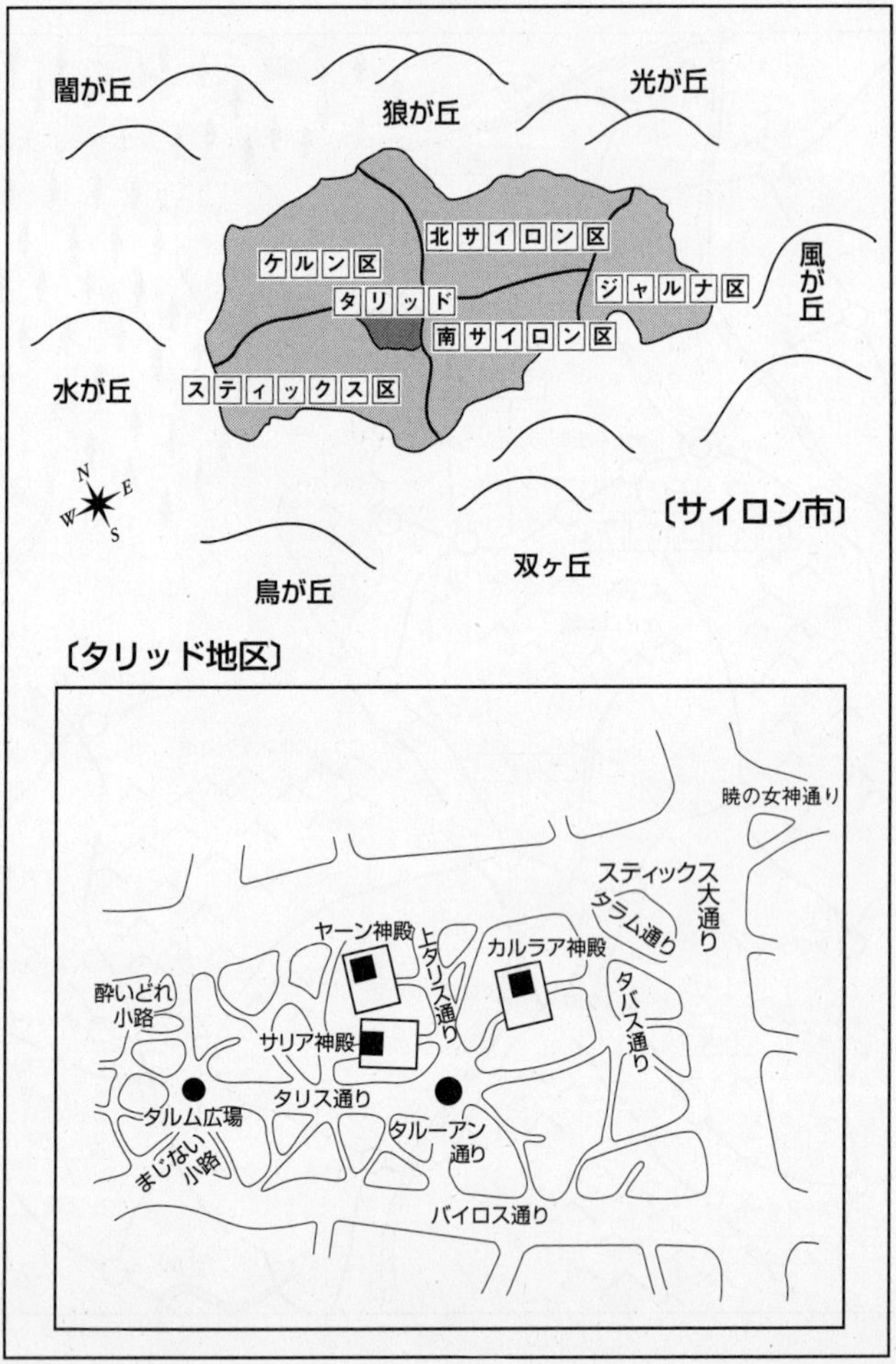
闇が丘
狼が丘
光が丘
北サイロン区
ケルン区
タリッド
ジャルナ区
南サイロン区
風が丘
水が丘
スティックス区
N
E
W
S
〔サイロン市〕
双ヶ丘
鳥が丘
〔タリッド地区〕
暁の女神通り
スティックス大通り
タラム通り
ヤーン神殿
上タリス通り
カルラア神殿
酔いどれ小路
タバス通り
サリア神殿
タリス通り
タルム広場
タルーアン通り
まじない小路
バイロス通り

豹頭王の苦悩

登場人物

グイン……………………ケイロニア王
ハゾス……………………ケイロニアの宰相。ランゴバルド選帝侯
ナルミア…………………ハゾス付きの女官
ロベルト…………………ローデス選帝侯
シルヴィア………………ケイロニアの皇女。グインの妻
クララ……………………シルヴィア付きの女官
パリス……………………シルヴィア付きの下男
カストール………………ケイロニアの宮廷医師長

第一話　罪の子

1

「生まれて——しまったのか……」

ハゾスは、うめくように呟いた。

月が青い。——サイロンの夜は、もうすっかり更けている。鋭い悲鳴もいつのまにかとまって、あたりはしんと深い静けさに満たされていた。このあたりは、使用人たちもあまり通りかからぬ。

「いま……うかがいます。いま少しお待ちを」

マックスが戻ってくるのを待っていてやらねばならぬ——

それは、だが、おそらくは、ハゾスの言い訳であっただろう。

（見たくない）

生まれた子が、男、女、どちらであるのかも知りたくなかった。どちらにせよ、抹殺しなくてはいけない汚れた生まれの、呪われた「罪の子」なのだ。

(子供に罪はない——そんなことはよくわかっている。子供には何の罪もありはしない。そんなことは、わかっているというのだ)

ハゾスのほうこそ、ひとの子の親なのだ。そのようなことは、グインにいわれるまでもなかった。だが、シルヴィアがそのような乱行のはてに、父親が誰かすらわからぬような子供を産み落とした、となったら、アキレウス大帝の失望やグインの体面、という以前に、(ケイロニウス皇帝家の——誇りある血統はむざんに汚されてしまう……)——と、そう、ハゾスは思っている。

(可哀想だが……その子だけは——生きていてもらうわけにはゆかない。それもこれも——その子の運命だ。こんなふうに、生まれてしまったのをおのれの悲運と、諦めてもらおう……)

マックスが、あたふたと戻ってきた。手に、茶をいれたカップを持っている。

「たいそう、お待たせしてしまいまして——このへんは、全然、ひとけというものがございませんで、結局侍女宮までいってくるはめになりました——どうなさいました?」

「生まれたそうだ」

手短かに、ハゾスは云った。マックスが目をまるくした。

「え。もう?」

「ああ、思ったよりもずっと安産だったようだ。だが、ともかく――生きていてもらうわけにはゆくまい。その茶をくれ」

マックスが手わたしてくれた茶をひと息に飲み干すと、ハゾスは苦々しく立ち上がった。

「さあ、また、汚い仕事の続きをしなくてはならん。――今度がその絶頂というわけだ。――だがともかく、ここでなんとかしてしまわぬことにはな……」

おのれに言い聞かせるように云って、ハゾスは茶碗をマックスにかえし、先にたってまた塔のなかへ戻っていった。

外の夜気がいかにさわやかで、すがすがしかったかを思い知らせるかのように、建物のなかに入ってゆくと、とたんにもわっと陰惨な、重たくよどんだ空気が立ちこめてくるようだ。ハゾスは、唇をかみしめ、マックスを従えて、もとの、シルヴィアの寝ている室へ入っていった。カストールが、やつれたようすで、枕元で顔をあげた。

シルヴィアは、相変わらず土気色の顔をして、同じ寝台に寝ていた。一歩室に入るとするどい血なまぐさいにおいが立ちこめていたが、しかし、もう、室はひどく静かになっていた。室のすみのほうで、カストールの助手が、そっと大きなタライでいろいろなものを洗い流している。シルヴィアはもう泣き叫んでも、わめいてもおらず、静かになって、布団に寝ていたが、そのこんもりと盛り上がっていた腹部のあたりはぺちゃんこになっていて、そうなるとなおのこと、布団の下に人間のからだがあるとは思えないくらい、そのあたりは平らに、平べったく見えた。髪の毛はあいかわらずさんばらで、額にふかい皺がきざまれ、ひどくやつれていたが、少し楽になったように見える。

ハゾスは、見るのが恐しいように、室を照らしているうすあかりのなかで、そっとあたりを見回した。それから、否応なしにその目が、シルヴィアの寝台のかたわらに置かれた、小さな籠の上にとまった。そのなかにありあうボロ切れをしきつめて、その上にシーツを敷いたのだろう。そこに、小さな、ひとのかたちをした裸のものが横たわっていた。

もう一応洗い浄められている。そして、真っ赤な顔をして、異常に小さく細い手足を宙に突き上げるようにして、弱々しい泣き声とも、呻き声ともつかぬものが、その口かちもれている。赤児は、まだ裸のままだった。いま、産湯をつかわされて洗い清められたばかりのようだった。ハゾスはひと目見るなり、さっと目をそらした。

赤児は、男の子だった。

(醜い赤児だ……)

ハゾスは目をそむけながら思った。真っ赤な顔をした赤ん坊は、サルの子のように小さく、発育不全だったが、そのせいだけではなく、なんだか異様な顔をしているようにハゾスには思われた。少なくともハゾスは何回も、生まれたばかりの我が子を、妻の産褥で眺めたことがあったのだ。その経験から思い出しても、この赤児が、あまり可愛らしい顔立ちをしていないことは明らかだった。

「男のお子でございます」

カストールが低く云った。ハゾスは黙ってうなづいた。

カストールは、さいごに赤児のからだを拭ってやってから、上から布を何枚かかけた。

「このようなこととは、うかがわぬまま、こちらに参りましたので、産着も何も——診察道具以外にはあまりたいしたものを持ってきておりませんでしたが、わたくしの室のほうに申しつければ、すぐに産着になるものを持って参りますでしょう」

「いや。待ってくれ、カストール博士」

ハゾスは云った。シルヴィアのようすをうかがう。

シルヴィアは衰弱しきって眠っているのだろうか。すくなくとも、ハゾスの目にはそのように見えた。その土気色の顔は、さっきの狂乱のあとが嘘のように消え失せ、見るからに弱りはてて力つき、疲れきってはいたけれども、不思議なことに、ずっと安らかに、落ち着いたように見えた。まるで、子供を産む苦しみと同時に、胎児を出産すると一緒におのれの苦悶や悩みをもともに排出してしまった、とでもいうかのように見えた。

「その子供はこちらが預かって連れてゆきます。何かありあう布にでもくるんでくれればそれでよろしい。その——子供のことは、こう申しては何ですが、博士はこの場限り、お忘れいただきたいのですが」

「…………」

カストールは、ちょっと眉をひそめてハゾスを見た。ハゾスはあえて強い目でその老医師の目を見つめ返した。

「この子供をおとりあげになったことも、このさい忘れていただきたい。——この赤児は存在しなかったと、そちらの助手のかたも含め、そのように思っていただきたい。でないと、私もケイロニア宰相として、いささか手荒な処置をとらなくてはならぬことになるかもしれませんし——大恩あるカストール博士にはそのようなことはいたしたくありません。——が、ケイロニアの未来のためです。お二方とも、おわかりいただけましょうか？」

「——まあ……やむを得んだろうな……」

カストールは呟くように云った。

「ガイ、お前は、何もこの件については関係していなかった、それでいいな」

「…………」

ひどく緊張したおももちで、助手がうなづく。事情は充分に飲み込んでいるようすだった。

「それで、その子は……」

「何も、お聞きにならぬほうがよろしいかと思います」

ハゾスは云った。カストールが、一瞬、生唾を飲みこんだ。

「宰相閣下、あなたは、まさか……」

「何もお聞きにならぬことです」

ハゾスはもう一度、ちょっと強い口調で繰り返した。

「私もまだ、何も決定してはおりません。ただ、この子は、存在してはいけなかった子供であることだけは間違いありません。――グイン陛下の体面をまるつぶれにする罪の子です。――間違った行為から産み落とされてしまった、存在してはならぬ子供です。存在しなかったことになるのが一番よろしいかと思います。――あわれではありますが、あわれをかけていては――もっと、大変な事態を招きます。――マックス」

「はい」

「その子を、布でくるんで、連れてゆけ」

「はい」

「私もすぐゆく。とりあえずお前が」

「はい。宰相閣下」

マックスはためらわず、弱々しい泣き声をあげている子供に手をのばした。

その、刹那であった。

「何するの！」

眠っている、とみえたシルヴィアが、鋭い金切り声をたてたのだ。

思わず、マックスは手をとめた。

「何するの。その子をどこに連れてゆくの？」

シルヴィアは、ひどく衰弱しきっていたので、からだを起こすこともままならぬ状態のままだった。

だが、かろうじて、よろめきながら身を起こそうとするのを、あわててカストールの助手のガイがとめようとした。シルヴィアは、異様な、どこから涌いて出るのかわからぬ底力を見せて、ガイの手を振り払った。

「その子をどうしようというの。あたしの子よ——あたしの大事な子よ。その子をどうするつもりなの！」

「大事な子とは」

一瞬、ハヅスは呆然とした。

それから、またしてもこみあげる怒りを懸命にこらえながら、声を大きくするまいと必死になった。

「あなたはもう大人しく療養していなさい。本来ならばことをおもてざたにして罪に問われずにはすまぬところだが、あなたの夫君があまりにもお気の毒と思えばこそ、こうしてことのすべてを誰にも知られぬうちに闇から闇へ葬り去ろうとしているのです。何をしている。そこをおはなしなさい」

シルヴィアの痩せこけてそれこそ幽鬼のような手がのびてきて、赤ん坊を抱え上げようとしたマックスの服の端をぐいとつかんだのだった。マックスは思わずぶるっと身をふるわせた。

「放しなさい」

ハゾスは声を強めた。

「あなたは錯乱して、何がなんだかわけがわからなくなっているのだ。いい加減におとなしくしなさい。とにもかくにも、あなたの底知れず寛大な良人があなたをやさしく扱ってやってくれと頼むからこそ、私はあなたに対して本当の気持よりもずっとお手柔らかに扱っているつもりだ。だが、あなたはすでにあの偉大な英雄の妻たる資格などすべて失っている。さあ、もう、いい加減に大人しくして、ただひたすら、おのれの罪を悔いて謹慎しなさい」

「その子を返して！　返してよ！」

シルヴィアは、ハゾスの声など、聞こえたとも思われなかった。

もがき、あがきながら、寝台からなんとか這い出して、赤ん坊をおのれの手のなかに取り戻そうと焦った。だが、まだ、たったいま子供を産み落としたばかり――それも早産で、しかも弱り切っていたからだである。

「陛下。動いてはなりません」

あわててカストールが制止した。

「おからだを動かされては危険です。まだ出血がとまっていないのです。いけません。じっとしていらして下さい」

「その子をどうするつもりなの。その子はあたしの子よ。たったひとつのあたしの真実よ！」

シルヴィアの声が悲鳴のように高まった。

「真実だと」

思わずハヅスは激昂して叫びかけたが、かろうじて、おのれをおさえた。

「その子まで取り上げようというの。あたしのものなんてほかにはもう何ひとつないというのに！　かえして、かえしてよ！　あたしが立派に育ててみせるわ！　そうして、あたしだけの——あたしのたったひとりの家族として、あたしのもらえなかった愛を……いっぱい分けてあげるんだわ！　返して、返してよ、あたしの——あたしの赤ちゃん！　あたしの——あたしの子をとらないで！」

「早くゆけ、マックス」

荒々しくハヅスは叫んだ。

「早くゆくんだ。ひとに、赤ん坊の泣き声をきかれぬようにしろ」

「かしこまりました」

「いやあああ！」

シルヴィアは絶叫した。そして、からだをそりかえらせ、ヒステリーの発作をおこしたように痙攣した。

「人殺し！　あたしの子供を殺すんだ！　あたしの子を！　それからあたしを、それからパリスを、みんな殺してしまうんだ！　人殺し、ハヅスの人殺し、ひとでなし、人非人、人殺し、人殺し、人殺し！」

「もう、我慢できぬ」

ハヅスは荒々しく吐き捨てた。

「すみませんが、カストール先生。この気の狂った女をみてやって下さい。私はもうちょっとこちらが落ち着いてからまた参りますから」

「………」

カストールが困惑したように、それでもうなづくのをも見届けずに、ハヅスはやみくもに暗い血のにおいのする室を飛び出した。だが、その背中にまだ、シルヴィアの絶叫が追いかけてきた。

「人殺し！　人殺し、憎んでやる。呪ってやる、うらんでやる！　あたしを弄んだ奴等よりもよっぽどあんたのほうがひとでなしよ、ランゴバルド侯ハヅス！　あたしの＊＊＊＊に＊＊＊＊む勇気だってないくせに！　あたしの大事な赤ちゃんをどうしようというの。もしあたしの子供を殺したら、一生叫び続けてやる。あの子の父親はあんただって！　ランゴバルド侯ハヅスに強姦されてあたしは孕んだんだって、グインの前でいってやる！　お父様の前でだっていってやる！　いってやる、いってやるわ！」

ハゾスは耳をふさぎ、出来るかぎりの早足で、建物の外へ逃れ出た。

布にくるみこんだ荷物をかかえた、マックスがそこに待っていた。

「閣下……」

「なんということだ――なんという晩だ！」

呻くようにハゾスは云い、そして、頭をかかえて、さきほど座っていたベンチにくずおれた。

「マックス。その子を連れて知られぬように俺の居室までゆくのはどう考えても無理だ。――馬車を持ってきてくれ。お前が自ら御者をして、一番小さいのでいい。それまで、しょうがない、その荷物は俺が見ているから、なるべく早く、小さい馬車を持ってきてくれ。――こんなことは……黒曜宮のなかであれこれしていたら、どこかから見られたり聞かれたり……どこかから洩れてしまうに決まっている。とにかく、サイロンの、私の――私の公邸にいって、そこで――なんとかしよう」

「かしこまりました」

ハゾスが、これほどの重大な秘密の片棒をかつぐ相棒に選ぶほどあって、マックスはきわめて有能な秘書であった。二度とはききかえさず、余分なことばも発さず、そのまま《荷物》をハゾスにわたして、すごい勢いで走ってゆく。

それを見送り、ハゾスは、おのれの腕に託された《荷物》を茫然と見下ろした。見るのがおそろしいかのように、そっとボロ布をかきわけて、その中からあらわれた真っ赤な小さな顔を見おろす。青白い月あかりのなかで、その小さな顔はみじめにゆがみ、涙に汚れていた。

「なんと……」

茫然としながら、ハゾスはつぶやいた。

「なんと……醜い赤児だろう。……こんな醜い赤児は見たこともない。——それとも、それは——俺がそのように思うから、そのように見えるだけなのか？　いや、そうじゃない——リヌスだって、アルディスだって——ましてやエミリアも……ミニアも——みな、生まれたそのときから、それはそれは可愛らしく——親の欲目かもしれぬが、ああ、きっとこれはとてもきれいな可愛らしい子供になるだろうと——事実そうなったが、うっとりするような赤ん坊だった……可愛くて可愛くてたまらなかった。——いったい、誰を本当の父親に持ってしまったのだろう。この不幸な赤児は……俺がこれまで見たこともないほど、ゆがんだ、額のせまい——まるでサルの赤ん坊のような見苦しい顔をしている……」

その、サルの赤児のようなみじめな赤ん坊は、ハゾスの腕のなかで、もう泣く力もつきているのか、弱々しく、ヒイ、ヒイ、という声をたてているだけだった。生まれ落ちたまま、乳も与えられてはいないのだ。

「このままにしておけば——遠からず死ぬだろう……何も、俺が——なにも俺がそんな罪作りをして、手を下すまでもない。——こうして、布にくるんで放置しておけば……たぶん、それで——息絶えるだろう。手を汚すことはない……」

ハゾスはつぶやいた。

「お前には罪はない。ああ、それは確かだとも——お前に何の罪があろう。罪があるのはひたすら——お前を宿すにいたった、お前のおろかな——狂った母親と、そしてその狂気に乗じてその狂った女を容赦なくもてあそんだ卑劣な男どもだろう。——なんということだ。こんな現実を見ていると、もう——何もかもがいやになってくる。もう、この世には、崇高なものも、美しいものも、気高い清らかなものも存在してはいないのかとさえ、絶望にかられてくる！——許せ。罪なくして死ななくてはならなかったのは、お前だけではないのだからな。お前の短い命はあまりにも悲惨でみじめなものだったが、それとても——それもお前だけではない。いや……お前のその短すぎる命が燃え尽きることで、お前は――この大ケイロニアにとって、ただ一つお前の出来る手柄をたてることになるのだ。それを――せめてもの供養にしてくれ。俺とても、四人もの子供の父親だ――いずれもっと――あと二人は子供が欲しいと思っている、子煩悩で……子供好きの父親なのだ。たとえ醜くても、こんなにもみじめでも――赤児のいのちを奪うことなど、心がすすむわけもない……だが、しなくてはならぬ。放置して――お前が飢えと寒さとみじめさとで死んでゆくのを、見届けぬわけにはゆかぬ。――名前もないまま死んでゆくお前、俺をうらむか。うらんでもかまわぬ。だが、本当にうらむべきは俺ではなく、お前を何の考えも節操もなく宿してしまった――お前を望んだわけでもなく妊娠してしまったお前の母の狂気なのだぞ。――そして、お前のうらみをせめて――ケイロニアにだけは向けないでくれ。何も知らぬ――長い旅からようやく、今度こそ落ち着けると思って戻ってこられた、偉大なあのかたにはましてや向けないでくれ……」

ハゾスは見るのが恐しいように、またボロ布をとざしてしまった。

「閣下！」

思いのほかに早く、かつかつとひづめの音を石畳に響かせて、マックスが一頭だての馬車を御して戻ってきた。一番小さな、二人乗りの馬車だ。

「おお、早かったな、マックス」

「閣下をこんなところに、このような事情でおひとりにしているのでございますから。

――もよりの建物を叩きおこして有無を云わさず借り受けてきました。さ、お乗り下さい」

「ああ」

ハヅスは、素早く、《荷物》をかかえたまま、馬車のなかに飛び乗った。

「マックス、サイロンだ。――私の公邸に向かってくれ」

「かしこまりました」

二度とは繰り返させぬ勢いで、扉をしめるなり、マックスが御者台に飛び乗り、馬にムチをあてる。

からからからというわだちの音、そして石畳を蹴るひづめの音が入り交じった。

そのなかで、ハヅスは、おのれの腕に罪の赤ん坊を抱いたまま、馬車の動揺にたえようと片手でしっかりと内扉の手すりにつかまりながら、なおもあらぬ思いにふけっていた。

(それとも――この子の運だめしに、この子をこのまま――どこか、誰も知らぬところに預けて――事情もいわず、どこの誰の子だということもいわず、少しばかりの金だけをつけて、マックスに――どこか俺も知らぬところへ捨ててこさせるか。――それでもどうせ、このままなら、この子は死ぬだろう。だが、公邸で死なれて、そのあとで死体を処分する後味の悪さのことを思えば、そのほうがいいだろうか……)

（いや、だが、万一ということもある。――万一にもこの子が、おそろしく強い生命力で生き延びてしまったりしたら、それはそれで――どのような事態がさきゆき、ケイロニアを見舞わないものでもない。――まして、グイン陛下は、剣をとってはきわめて強く、世界じゅう誰ひとりかなわぬほどの英雄であられるおかただが、情にはことのほかもろい、心のなかに、シルヴィア皇女、という『シレノスの貝殻骨』を持っておられるおかただ。もし何かでこのことのてんまつを知ってしまわれたら――あわれをかけて、その子供を探しだし、しかるべく扱ってやれ、などということをおおせ出されたりしたら――）

（よけい、ことは厄介になる。――いや、ハゾス、ランゴバルド侯ハゾス・アンタイオス、つまらぬ情けをかけるな。つまらぬ情けこそがこのケイロニアをおびやかす禍根にならぬとも限らないのだぞ。――そうだ、非情になるのだ。お前はこの国の宰相ではないか。――この国のため、敬愛するグイン陛下のため、偉大なるアキレウス大帝のため――そのくらいの非情さなど、なんでもないはずだ。放置するのがいやなら、水につけてでも――鼻と口をふさいででも、この抵抗するすべもないいのちを殺せ。――そして、その死体をあとかたもなく焼却炉で焼き捨ててしまうのだ。おそらくマックスがそのいやな任務はやってくれるだろう。――これは、俺が、ケイロニアの宰相となってから、間違いなく最悪の――もっともいやな任務だが、しかしそれははたさぬわけにはゆかぬ任務だ。歯を食いしばれ、ハゾス・アンタイオス――そして、おのれの子供たちのことは忘れるのだ。これが戦場なら……子供を手にかけなくてはならぬときだって、あるかもしれぬではないか。――そのときに、いちいちためらっていて、もののふがつとまるか。――俺は、宰相とはいえ、またランゴバルド侯騎士団の団長たる、れっきとした武人でもあるのだから。――そうだ……情けをかけるな。この子は……生きていても、何のいいこともないのだ――それが運命なのだ。そう思え……)

そのとき――

まるで、わざとしたように、ボロ布のなかから、子猫かなにかのような、かぼそい声で、空腹を訴えるかのように泣く声がきこえてきた。

ハゾスの気持ちはくじけた。

(何も……寒くて、空腹のまま、死なせることはないか……)

ハゾスは呻くようにつぶやいて、くちびるをかみしめた。

(せめて――どうせ、殺すものなら、乳がわりのおもゆでも飲ませて――これほどあわれな、みじめないのちなのだ。せめて、ちょっとだけ――この世に生まれてきていいこともあったという――ことを感じてから、息の根をとめてやっても、遅くはないかもしれぬ。――公邸には大勢の使用人がいる。いま乳呑み子のいる女もおろう。一度だけ、乳を吸わせるか――おもゆを飲ませるかしてやるか。せめてもの……供養に――ま、そのくらいなら……かまわぬかな……どうせ殺してしまうのだから……）

ハゾスの動揺をそのままに、馬車は、ひたすら、黒曜宮の裏門を抜けて、サイロンめがけて夜の底をひた走っていた。

2

「ハゾス」

声をかけられて、さもあるだろうと予期はしていたものの、ハゾスは思わずちょっとからだをこわばらせた。

「はい。陛下」

「このあと、少し時間はあるか」

「ございます」

だが、この上、報告を引き延ばしているわけにもゆかない。グインが、その後、彼の妻がどのようになったのか、ひどく知りたがっていることは、よくわかっていた。だが、グインも、問題が問題だけに、人目のあるところでは、おおっぴらに聞くわけにもゆかず、ひそかに懊悩していたのだろう。ようやく、ハゾスに声をかけてきたのは、朝の公式謁見が終わり、人々がぞろぞろと出てゆこうとしているそのときだった。

「ちょっと、ここでは出来ぬ話だ。——俺の居間まで来てもらえぬか」

「かしこまりました、陛下。ただ、このあと少々、ひとつかふたつ、捺印しなくてはならぬ書類などがございますので、秘書官とちょっと話をしましてから、すぐに陛下のお居間のほうへ伺わせていただきます」

「ああ。なんなら中食でも一緒にとってもよいな」

グインは云った。そして、そのまま、マントをひるがえし、鷹揚に歩み去ってゆく。その、威風堂々たる後ろ姿にむかって、いっせいに並み居る宮臣たちが頭をさげる。

「陛下が戻ってこられてから、なんとも、一気に宮廷じゅうに活気がみなぎって参りましたな」

「いや、やっぱり、ケイロニア宮廷には、グイン陛下がおいでにならないと」

重臣たちが朗らかそのものに、笑いながら話し合っているのを、ハゾスは一人だけ、かなり複雑な思いで聞きながら、かたわらの小部屋に入っていった。

ハゾスのかかえているひそかな悩みなど、むろん宮廷のものたちは誰ひとり知るものはない。というより、知られては困るのはハゾスのほうだ。公式の宰相秘書が持ってきた書類をいくつか目を通してから、ハゾスは、秘書にそれを持ち去らせた。入れ替わりに個人秘書のマックスがするりと影のようにすべりこんでくる。

「どうしてる、あちらは」

「なにごともなく」

「どちらもか」

「はい、塔のほうのおかたも、ちょっと落ち着かれて、博士の鎮静剤でいまはよく眠っておられるということでございます」

「そうか」

「お邸のほうのその、お荷物は、相変わらずの状態で。ただ、おおせのとおり、乳呑み児を抱えている女官に世話をさせましたので、とりあえずは問題はないかと存じますが」

「そうか」

いっそ、問題があってくれれば問題なかったのだ、と言いたげな顔をハゾスはした。

それから、しぶしぶと、豹頭王の居間にむかって歩き出した。

本来ならば、ハゾスはグイン王の右腕にして無二の親友をもって任じている。いつでも王と話すことは、そのときどきに難問があるにせよ、ないにせよ、ハゾスにとっては最大の楽しみだったのだ。それが、このように足が重たく、居間につくまでのさほど長くもない距離がもっと長ければよい、と思える、などというのは、ハゾスにしてみればはじめてのことであった。

「ランゴバルド侯ハゾス宰相閣下がおみえになりました」

小姓が伝奏して、ハゾスはすぐにグインの居間に通された。ハゾスの顔を見るとただちに、グインは小姓に、「厳重に人払いして、誰も近づけるな。俺が呼ぶまで、誰もやってきてはならぬ。が、宰相と昼食をともにするかもしれぬので、とりあえずその用意はさせておくように」と命じた。小姓がうけたまわって出てゆくのを見送り、さらに次の間の扉をあけて確認してから、グインは重たい扉を手づからしめ、奥の革張りの大きな椅子へとハゾスをいざなった。

「このようなときには、パロの魔道師どもの用いるあの結界というものがすこぶる重宝だな」

グインは云った。

「俺はこのごろ、ケイロニアでも、もう少しは魔道士として魔道師どもを召し抱え、魔道にもうちょっと重きをおくべきではないか、と考えはじめている。武の面ではいまさらケイロニアには何の不足があろうはずもない――だが、そうであればあるほど、ことにしばらくパロに滞在して、親しくパロの実状を見聞きしていたせいなのかな。あれで魔道というものも、もしかしたら、一国をよりよくおさめてゆくためには、けっこう有用でないわけではないのかもしれぬ、という気がしてきた」

「さようで……ございますなあ……」

「ことに俺はいま、情報の収集関係と、命令の伝達系統という二つのことがらに非常に興味を持っているのでな。たとえどれほど大勢の斥候を出し、どれほど多くの部隊を伝

がどれほどのものであろうと、とうてい一人の魔道師にかなうこと

達系統に割こうと、速度、という点からいったら、とうてい一人の魔道師にかなうことができぬ。俺はもともと、黒竜将軍になると同時にその方面にかなり編成を割いて、黒竜騎士団の命令伝達については相当に考えて構成を変えていった。また、もともとケイロニアには飛燕騎士団があり、これは伝達と斥候専門に訓練されている。つねに、おぬしもよく知ってのとおり、どこかへの遠征のおりには飛燕騎士団の一個部隊が同行し、斥候と伝達の役目をつとめることとなっているが、しかし、俺が《竜の歯部隊》を作ったのは、たとえどれほど馴染み深くなろうとも、飛燕騎士団に頼らなくてはならぬようでは、それは黒竜騎士団なり――ケイロニア王騎士団独自の情報担当部隊とはいえぬのではないか、という考えがあったからだ。――いまから、ケイロニアのみっちりと構成されている軍部に、魔道師部隊を導入するというのは、諸方面にあまりにも抵抗もあれば、また馴れぬこととて、大騒動もまきおこりそうだが、まずは宮廷で、このケイロニアにおいてはほとんどただのまじない師、占い師扱いしかされておらなかったお抱え魔道師を少しづつ増員し、とりあえず王身辺、及びむろん皇帝陛下身辺の警護や情報収集、結界を張る、などの役目にあたってもらうことをこころみても悪くないのではないかと思っている」

「はあ……」

ハゾスはいくぶん困惑して口ごもった。

本当は、グインの最も云いたいことが、そのような、いつでもいいようなことの上にはないことくらい、ハゾスにはわかる。むろん、口にしていることばについても、いろいろとかねがね考えていたことではあるのだろうが、それにしても、いまハゾスを呼びつけた用件とは、明瞭にそれはあまりにもかけはなれすぎているはずだ。

（陛下らしくもない……）

（というより——あの女性のこととなると、陛下はつねに……陛下らしさを失われるような気がする……俺のかんぐりすぎだろうか。いや——そうではない……）

きわめて偉大な戦士であり、英明な君主でもあり、人望を集める名将でもあるグインに、弱点があるとすれば、たったひとつ、それは「女性」に関してだけだ、とすでにハゾスは見抜いていた。それも、女性にだらしない、というのではない。それだったら、まだしも多少は手のうちようもあったし、人間としては自然なことでもある、とも云えただろう。

（陛下は——女性のことというと、まるで——そうだな、まるで十代の、それも十代はじめのうぶな少年のようにおなりになる……それも、ある意味、あの偉丈夫が、と思えば可愛らしくもあるが、この場合は、そうもいっておられぬ……）

ハゾスにしてみれば、あんなろくでもない売女などとっとと蹴り出して、豹頭だろうがなんだろうがあれだけの英傑なのだ。いくらでも慕い寄ってくる女性もあろうし、また現にケイロニア宮廷ではグインの人気は絶大なものがある。かえってその豹頭さえ、可愛らしいだの格好がいいだのという貴婦人たちが大勢いるのだ。そのなかから、よりどりみどりで、愛妾なり、ときどきの情人なりを選べばよいではないか、と思う。ハゾス自身は、妻のネリアにきわめて忠実な、家庭を大切にする夫であり、サイロン暮らしがどれほど長かろうと、身辺の世話をするサイロンでの妾をもつことなどはケイロニアの風潮としてはそれほどとがめられていない。

ケイロニアでは、クムのように、夫婦が勝手に愛人をもってよろしくやるようなことは忌避されてはいるが、選帝侯、王族級の高位の男性が、身のまわりの世話をしてくれる女官に手をつけるくらいのことは、それほどいまわしいこととされていない。女性のほうが不倫をしたり、許されない恋愛をするようなことには、ケイロニアの武辺な男性たちはきわめて厳しいのだから、そのへんはいささか不公平といえなくはないが、アキレウス帝からしてユリア・ユーフェミアという愛人を持っていたように、権力と金のある男性が、第二の女性をもつことくらいは、あくまでも第一夫人をないがしろには決してしない、という前提ではあるが、大目に見られている。事実、サイロン暮らしの長い選帝侯たちは、半数くらいはちゃんとサイロンでの「現地妻」を確保して、おのれの生活を潤いのあるものにしているのだ。そうしておらぬのは、愛妻家で知られるハゾスと、それに輪をかけた愛妻家のディモス、そもそも妻帯もしておらぬローデス侯ロベルトくらいのものだろう。ロベルトはまた身体的にも特殊な事情があるので、ちょっと話が別であったが。

（こうなると、あまりに純情だというのもじれったいな……いっそ、とにかく、何か女性をとりもって……もっともそんなのは、俺の任務じゃないし、俺の性格にもあわないか……）

ハゾスが、いっそ自分からずばりと切り出して豹頭王の苦衷をのぞいてやろうか、と考えていたときだった。

「それで――あれは、どうしている？」

急にひどく弱々しい、低い声になりながら、グインが云ったので、ハゾスはむしろほっとした。ハゾスも、グインのほうにいちだんと椅子をよせて、ごく低い声で答えた。

「ただいまのところは、かなり落ち着いておられます。――医者の診察にもかかられまして、とりあえずは鎮静剤でですが、よく休んでおられるという報告がございました」

「――そうか」

露骨に、安堵の色のにじむ声だった。

短い沈黙が落ちた。それから、グインは、ふいに、たまりかねたようにことばをしぼりだした。

「それで、あの――あれは、その――あれのその――子供というのは……」

答えは、すでに用意してあった。

ハゾスは、無二の親友でもあるこの純情な英雄に対して、どのようにこのむざんな事態を報告したものか、昨夜一晩、気持が悪くなるほどに考え抜いたのだ。答えに、ためらいはなかった。

「それでございますが、陛下。それが、実は、想像妊娠でございまして」

「想像――妊娠……？」

まったく、予期もしていなかったことばであったのに違いない。

というよりも、グインの知識のなかには、およそ存在もしないような言葉だったのだろう。そのことばはまるで、熱した石のようにグインの口から飛び出した。

「何だと――？」

「奥方様は、実際には、妊娠してはおられませなんだ。これは、ケイロニアの誇る名医たるカストールの診立てでございますから、確かなことでございます。――おそらくは、子供が欲しい、という気持があまりに凝り固まっての――子供さえいれば、陛下を失わずにすむ、と思い詰められたあまりのことだったのだろうとカストールは申しております」

これも、カストールにはちゃんと口裏をあわせてくれるよう、言い含めてある。

「あまりにも子供が欲しい、欲しいと思い詰めておりますと、その一念のあまり、腹部がまことの妊娠のように膨らんできてしまうことがあるのだそうでございます。特に王妃陛下のように神経質で、きわめて気の立ちやすい女性の場合――そしてからだもそれに応じて、まったく普通の妊娠とかわらぬ症状を呈し、月のさわりもとまり、しだいしだいに腹部も膨らんで参りますそうで。――それをカストールがどのように治療したかと申しますに、王妃さまに、現実にお産をしたのと同じように、まもなく生まれるという暗示をかけて、いわば想像妊娠した子供を、《想像出産》させました。そして、生まれた子は死産であった、と言い聞かせましたところ、王妃さまも納得され、そのまま鎮静剤を服用されて、いまはたいそうお疲れで衰弱されておられるので、そのまま死んだように眠り続けておられます。――もうずいぶんと長いこと、まともに食べてもおられず、眠ってもおられなかったようで、おからだの衰弱の最たる原因はそれであろうとカストールが申しておりました」

「想像――妊娠……」

またふたたび、茫然としたようにグインは呟いた。

この事実を、どう受け取っていいものか、わからぬ、というようにも見える。

「ともあれ、王妃さまはもともときわめて精神的にもろく弱いおかた、おそらくはグイン陛下が大帝陛下の御命令によりパロに遠征に出た、ということをどうしても理解なされず、それをあたかも陛下に見捨てられた、というようにおぼしめされて、それで精神に異常をきたしてしまわれたのであろうから、とりあえずは、当分のあいだ、何の刺激もない、田舎の空気がきれいで、ごく平和で気候もよい、たとえばワルスタットなり、ランゴバルドのような場所の保養所にいかれて、しばらく心身ともにお休めになるのがよろしかろう、というのが、カストール先生のご意見でございました」

それは、嘘ではない。カストールは、確かにそのように云ったのだ。

「……」

だが、グインは答えなかった。暗然と胸に腕を組んだまま、黙り込んでいる。その沈黙は、ハゾスが心配になるくらい長かった。

「陛下」

「——ふびんなことをした」

やがて、グインの口からもれたことばもまた、ハゾスを安心させるには程遠かった。

「は——？」

「あれが、精神的にごくもろく、弱い、ということなど、俺が一番よく知っているはずだったのだ。むしろ、それゆえにこそ、俺はあれを守ってやらねばならぬと信じて、あれをめとることを引き受けた。もとより、女性としての好意は持っていたが、それ以上に、あのかよわい、いためつけられた魂とからだを、守ってやりたいという思いがことのほか強かった。——だのに、その俺が、あれを苦しめ、いためつける役割を果たしてしまったというのだな。……そう思うと、ふびんでならぬ」

「静かでおだやかな保養所で、ものの一、二年も静養なされば、王妃さまの心身もすっかり回復なさいますよ」

ハゾスはいささかしゃあしゃあと云った。

「さいわいにしてわが領地ランゴバルドはいたって風光明媚、いつぞや陛下にもおこしいただいて陛下もご存じのとおり、人心も安定し、たいへんおだやかな気風のところです。――どうも思いますところ、シルヴィアさまには、この宮廷でのお暮らしが、とてもあわなくておいでのようです。王妃宮づきの女官どもとも、うまくいっておいでにならぬし、それに王妃さま御自身が、たえず、被害妄想――というのだとカストールが申しておりましたが、女官たちがおのれの悪口をいう、うしろ指をさしてあることないこという、すべて女官も宮廷の宮臣、宮女たちもみなおのれの敵だ、というお考えにこりかたまっておいでになるようなのです。ここにおいておかれれば、いっそうそのお考えが高じてゆかれるばかりかと思います。わたくしとしては、ランゴバルドをおすすめいたします。ランゴバルドの南に、陛下もご存じと思いますが、湯治場として名高い、ランセルバルドの村がございます。あそこでしたら、たまに王侯貴族もお見えになりますので立派な宿泊設備もととのっておりますし、ランゴバルドからも遠くございません。なんでしたら、わたくしの妻のネリアがお相手役にたびたびおうかがいして御機嫌伺いしてもよろしゅうございます……」

「シルヴィアに会いたい」

ハゾスの長広舌を珍しくまったく聞いてもいなかったかのように、グインは云った。

ハゾスは思わずちょっと身をかたくした。

「いや、それは……時期尚早かと……」

「俺は、あれの――かりそめにも良人だ。もし、あれが俺ゆえに傷ついたのだとすれば、その傷をいやしてやるのも、また、はぐくんでやるのも――ゆるしをこい、あれの傷ついた心をいたわってやるのも、この俺以外にはあるまい。――ハゾス、いまはやすんでいるといったが、なるべく早く、シルヴィアに会いたいのだが、そのようにはからってはくれぬか。確かにこのあいだの再会はとてもにがにがしいものであったし、俺はいささか、そのう――」

グインは、珍しくも、かなり恥ずかしげにちょっとうつむいた。おのれを羞じているようにも見える。

「いささか、不意をつかれて動転したものでな。シルヴィアのからだを案じてやりもせずに、いわば仰天してあの場から逃げ出してしまった。あとから考えるほどに、なんともふがいない良人もあったものだと、おのれがくやまれてならぬ。――といって、あのときは……」

「わたくしも拝見いたしましたが、それは無理もございませんですよ」

ハゾスは、なんとかしてなだめにかかった。

「あのときには間違いなく、シルヴィアさまは常軌を逸した精神状態でおられたと思いますし。陛下は何の予備知識もなくパロから戻ってこられて、いきなりあのような状態のシルヴィアさまにお会いになられたのですから、それは、仰天なさっても、不意をつかれても、無理はございますまい」

「本当に、愛情があるならば、たとえ相手が狂っていようが、錯乱していようと、いっそうそれでいとしい、あわれと思えなくてはならぬはずなのだが……」

グインの声が沈んだ。

「俺の愛情が、足りなかったから、それが届かなかったから、シルヴィアはあのようになったり、そんな奇妙な思い込みをしてしまうようになったのだろうか？　だとすると、ますますふびんがかかってならぬ」

「ちと、つかぬことをうかがいますが」

ハゾスは気になって云った。

「何だ、ハゾス」

「シルヴィアさまが奇妙なことを口走っておられましたので――」

「奇妙なことだと」

「さようで、なんでも、ずっとおとなしく待っていたのに、陛下が夢のなかで、魔道を使ってお会いになりに戻ってこられ、そのときに、シルヴィアさまを切り捨てられようとしたと――それが、シルヴィアさまにはたいへんな衝撃に思われて、それ以来……」

あわててハゾスは口をつぐんだ。シルヴィアが、それ以来サイロンの町に忍び出て、夜な夜な男漁りをするようになった、などという話は、何があろうと、口がさけても、たとえどんな拷問をうけようと、哀れなこの何も知らぬ良人に告げるつもりはなかったのだ。

「それ以来、御加減がかなり悪くなられたという……」

ハゾスはなんとか言い逃れた。

「陛下には、何かお心当たりの筋でもございますか？　と申して、それはもとよりシルヴィアさまがごらんになった夢の話ですから、陛下がお心当たりがあろうわけもないのですが……」

「……夢か」

グインは途方にくれたようすになった。

「そのような覚えはまったくないが……それは、しかし、シルヴィアが、俺がシルヴィアに対してそのようにふるまうだろうと、内心で思ったり、おそれたり、不安に感じたりしていたから、そのような夢を見たのだろうか？」

「そうかもしれませぬし、だとしたらもうすでに、最初からシルヴィアさまのなかには、このようなおつむの病気になられる要因があったということでございましょう」

ハゾスは危険な領域から話がそれていったのでほっとしながら、

「ともあれ、いまは、さぞお会いになりたくもございましょうが、かえって、いま陛下がお顔をお出しになることは、御病人をいたずらに興奮させ、刺激することになるから、避けていただきたいと、これはカストール博士も申しておりました」

「だが、俺はあれの良人だぞ。夫なのだぞ」

グインは気色ばむというよりむしろ悄然という。

「その俺が、顔を出すことが、あれの病気には、かえってさまたげになるというのか？　俺はそれほどに、良人としては失格だったのだろうか？　俺はたしかに、あれがとりすがって哀願するのをそのままにして、その手を振り払うようにして遠征に出かけてしまった。だが、俺は武人でもあり、ケイロニアの一将軍のようなものでもあり、また、大帝陛下の忠実な臣下でもある。陛下の御命令を受ければいつなりと戦場におもむくし、また御命令でなくとも、ケイロニアに危険が迫ればいつなりと兵をひきいて出陣する立場だ……」

「ましてシルヴィアさまは大帝のご息女、当然そのご夫君の武運を祈りつつ送り出されて、あとはその足元のそなえをしっかりと――この国の女たちの手本となるべきおかたなのでございますから」

ハゾスはにがい顔で云った。まだ、あのシルヴィアの狂態、おのれだけが見てしまった、あまりにもハゾスにはあまりに思われた狂態の衝撃が、さめきってはいなかったのだ。

「いや――だが、あれはまだごく若いのだ。まだ遊びたいさかりで――それに、なんといっても、キタイに誘拐されたり、いろいろと悲劇的な運命にあって、それによってもいろいろ傷ついている。それを思えば、いちがいに――大帝陛下の息女だから、とばかりいって、義務の履行だけを求めるのも哀れではないか。あれはまだ、本当に小娘といっていい年で、あれだけの試練にあったのだから――それに、俺はやはり、彼女の母親を死に追い込んだ、という負い目もまぬかれぬ……」

(これは、これは)

思わず、ハゾスは内心つぶやいた。それは、この希有な戦士と知り合いになってから、はじめて感じる、多少のはがゆさやもどかしさに似た思いだった。いつも、ハゾスにとっては、グインは、ひたすら、理想の男性像とさえ見えていたのだったから。

(こういうところがおありとは！――気を付けておかぬと、このかたは、純情といえばよいが、女性でしくじることになるかもしれんぞ。それを見張って、うまくなんとか正しい方向に導いて差し上げるのも、俺の――宰相であると同時に友でもある俺の役目かもしれんな。実におくてにも程がある——というか、人がよいにもほどがある！　いっそ、あの女の正体をぶちまけてやりたいくらいだ！）

3

が、むろん、ハゾスは、そんな内心は、おくびにも出そうとはしなかった。

「その陛下のお気持は充分すぎるほど、このハゾス、ご理解いたしますが、しかしシルヴィアさまも、特殊なお育ちをされて、いささか特殊な感性をもお持ちのおかたゆえ、なかなかになみの女人と同一には考えがたいところもおありかと存じます。——ともあれ、いまのところは、シルヴィアさまがもうちょっと落ち着かれますよう、まずはおからだの健康を取り戻し……さすれば、お心もずいぶんと平静になられましょうから、それまでしばらく、陛下もお会いにもなりたくもございましょうが、シルヴィアさまのご健康と平静のためとおぼしめして、ご辛抱いただくほかはないかと存じます」

「ひと目、会うだけでも、駄目なのか」

グインは、ハゾスが意外に思うくらい頑強に食い下がってきた。

「何も、あれが興奮するようなことばは、口にせぬ。もしも、あれが、俺の姿を見るとかっとなったり、また置きざりにされたことを思い出して逆上するというのだったら、何だったら俺が一方的にそっとあれのようすを見るのでもよい。ただ、あれが――少しは、落ち着いて、やすらかに眠っている寝顔をでもよいから、見たい。――なんといっても、あれは、俺の――あれは、俺の妻なのだ。まあ、その――このような豹頭の俺がはじめて持った……」

「陛下は、豹頭、ということをあまりにも意識なさりすぎます。そう、いつも、このハゾス、申し上げておりましょうに」

思わずハゾスはいささか強い口調になった。

が、おのれをおさえた。

「よろしゅうございます。それについては、では、シルヴィアさまのご容態とにらみあわせて、ということで、カストール博士にお伺いをたててみることにいたしましょう。――ともあれいまのところは、絶対安静で、誰にも会わせてはならぬ、ともかくいっときはおいのちにかかわりかねないほどの衰弱であられたのだから、ちょっとでもまた興奮させたり、からだを動かそうとされたりすると、またおいのちにかかわる事態になるやもしれぬ、とカストールも申しておりますので」

「俺から、といって、花を届けさせるだけでも駄目か」

「それは……」

ハゾスはちょっと考えた。それから、グインからだと伝えねばよいのだと思い直した。

「そのくらいは、差し支えもございますまい。ただ、いまのところはただ、本当にこんこんと死んだように眠り続けておられるばかりでございますから、なかなかに――その眠りから目覚めたら何か口にされて、栄養をとられ――ともかく極端な低栄養状態になっておられましたので――それでまたお眠りになる、という、当座はもう、ひたすらその繰り返ししかないと思われると、カストールも」

「そうか……」

グインは何か、大きな重荷をでも背負いかねた男のように、ぐったりと、王の椅子のなかでうずくまってしまった。

そのようすをさらに興味深く、ハゾスは眺めた。彼の崇拝する豹頭の英雄に、このようなあまりにはっきりとした弱点があろうというのは、意外でもあったが、一方では、それはさらに彼を人間的にも見せた。そして、ハゾスはそれが気の毒でもあった。

(可哀想に――こんな英雄だというのに、あんな女を……最初に見せられて、それを見初めてしまったばかりに、すっかり……女というものについて、間違った観念を持ってしまうようになりそうだな。――これがもし、まだこのおかたが百竜長くらいのときであったら、さよう、トールあたりに頼んで、タリッドの娼館へでも連れていって、この、戦場では誰よりも強いくせに女にはあまりにうぶすぎる男に、頃合いの女をあてがってちょっとは女のよさと、あの女だけが女ではないのだということを知らせてやってくれ、とても頼み込むところだがな！——が、ケイロニア王ともあっては、そういうわけにもゆかぬ……）

「まあ、御心配なさいますな」

わざと、朗らかな声で——内心の、まことの心境は、とうてい朗らかどころではなかったのだが——ハゾスは云った。

「シルヴィアさまも、その想像妊娠が終わって、想像出産をなさったことで、悲嘆にくれてはおられますが、すっかりと落ち着かれはじめておられますし。それに、もうカストールもついております。また、このさい、シルヴィアさまにとってはとても悪しき刺激になっていたようすの、王妃宮の女官たちは、みな取り替えることにいたしまして、これはご許可を得ないで勝手に行動いたしましたが、一応この件につきましては、全権を委任されている、ということで、独断で王妃宮の女官たちをみな拘束いたしました。王妃さまの御様子を放置しておいたり、あるいはまさに王妃さまがおおせになったとおり、王妃さまの悪口をいったり、陰口をたたいたりして、王妃さまのご容態を悪化させるような行動があったものかどうか、これはわたくしのほうでとことん糾明して、ぎゅうという目にあわせてやります。そして、もし——もしも、陛下が、王妃陛下をランゴバルドに保養にやられることにご賛成でないようでしたら、このサイロン——いや、七つの丘のどこかしらに黒曜宮よりも静かで安心できる保養所をみつくろい——どこかの離宮をそれにあてればよろしいかと思います――そこでシルヴィアさまにご静養いただいたらよろしいかと思います。――そのさいには、もう、女官たちも護衛どもも、みなわたくしが一から選んで、決して同じようなご心労はかけぬものだけにいたそうと思っております。――王妃さまは、いわば、施療所に収容されておりますま病人のように大切に扱われなくてはなりますまい。大切に、そっと」

「大切に――そっと……」

「さよう、クムの絹、パロの最上級の綿で包み込むように、でございますね。パロの最上級の綿と羽毛で作り、クムの絹で包んだ布団でくるむようにして静養させてさしあげれば、お若い王妃さまのこと、おいおいに元気もとりもどされましょう。――お気がかりとは思いますが、それまで、面会は、どうかお待ち下さい。そのほうが、シルヴィアさまのご健康が早く回復するのですから、ここはひとつ、お怺えになって」

「おぬしにそういわれるとな、ハゾス……」

つぶやくように、グインは云った。

「このことについては、おのれがあまりにも、理性的にふるまっておらぬ、ということくらいは、俺にもわかっているのだよ。だがどうにもならぬ。――そうだな。だが、明日にでもカストール博士にだけは会って、容態をきいてみよう。それはなんらおかしなことではあるまい。妻の病状を案じぬ夫はこの世にあるまいからな」

「じっさいには、クムなどにはいくらでもおるようではございますがね」

ハゾスは故意に、軽口のような言い方をした。

「それにしても――このさきはいささか無駄口を弄してもよろしゅうございますか、陛下」

「ああ」

「陛下がそれほどお妃さまを愛しておいでとは。思いもよらなかったと申し上げては失礼ながら……先日、オクタヴィアさまのお話をしたときに、オクタヴィアさまは、尊敬もするし、好意ももっているが、女性としておのれの好ましい種類の女人ではない、とはっきりといっておられましたが、それでは、そのう、うかがってよろしければ――陛下は、どのような女性ならば、お好みなので?」

「そんなことをきいて、どうするつもりだ、ハゾス」

グインは、気持のひどく沈んでいるようすではあったが、瞬間目をあげて、からかうようにハゾスを見た。

「きのうからしきりとほのめかしていたように、俺に妾でももつようすすめるつもりか？　それとも、おぬしが女でも取り持とうというのか、謹厳実直で知られるランゴバルド侯としたことが。――俺の女の好みなど、このさいどうでもいいではないか。俺にはもう妻がいるのだし、その妻が病気で大変なのだ。他の女のことなど、考える気にはとうていなれん」

「……」

ハゾスは、このもってゆきかたでは、グインの気持をそちらに向けることは無理だ、と悟って、ちょっと考えて言い方をあらためた。

「いえ、まったくそんなつもりはございませんで――それは、わたくしの言い方がまずうございました。では言い直させていただきますが、わたくしのうかがいたかったのは、つまり――陛下は、それほどまでに、つまりその、シルヴィア陛下が、お好みのその……理想の女性であられるのでしょうか？　ということだったのですが」

「理想の女性だの――好みの女性だの、といっておられる場合でもなかろうしな」

グインは逞しい肩をすくめた。

「だが、俺が彼女に求婚したのは、疑いもなく、父君に頼まれたからでもなく、またそれこそ、彼女と結婚すればケイロニア皇帝の婿がねになれる、などというさもしい心からでもなかった。むしろ、そのようにそしられるのではないか、ということが、その申し込みの足を引っ張ったくらいだ。そうだな――好みの女性、などという観点からは、あまり考えたことはなかったのだが……やはり、俺はその――守ってやらねばならぬ、俺がいなくては、この女性はどうなってしまうのか、頼り少なく、かよわく、非力で孤立していて……ということをとても思っていたのだと思うな。あのときの彼女は、とても無力に見えた。それはいまでもそうだが……オクタヴィアはたいへん素晴しい女性だと思うが、彼女はごくしっかりしていて、その上に剣の腕も女性としてはそこそこたつし、気性も凜然としていて男まさりだ。彼女ならば、べつだん助けを必要とすることもなくしっかりとおのれの人生をやってゆけるだろう。俺は彼女を尊敬するし、好きだし、義理の姉——妻の姉としては、まことに敬愛していると思うが、しかし、彼女を『助けてやらなくては、どうなってしまうだろう』などとは考えたことはないな。それは確かなことだ」

「なるほどねえ——！」

ハゾスは、いたく感じ入ってしまったので、呻くような声をもらした。

「なんだ、ハゾス。そんな声を出して」

「いえ。——ただ、陛下ほど、なんでもお出来になり、力もある人物にとっては、結局普通ならば弱点となるような無力さやひよわさや、頼りなさまでもが——御自分がもっとも持っておられぬ部分であるからこそ、魅力になる、というよりは、むしろ、助けてやらねばならぬ義務——といっては何なのでしょうが、ひきつける部分になってしまわれるのだなあ、と感じ入っておりましたまでで」

「そういうわけではないさ、ハゾス。このサイロンにも、黒曜宮にとても、彼女のように無力で彼女のように孤立していると感じている女性は大勢いることだろう。その女性たちをすべて、俺が、助けてやりたいと感じるわけではない。いや、必要とあらば助けてやりもしようが、それは愛情とは関係ない。やはり、俺は、シルヴィアについては、大帝陛下の息女だ、という以前に、好ましい女性で、愛らしく、そして可愛らしいと感じていたのだと思うぞ」

（だとすると、さらに話は厄介だな）

ひそかに、ハヅスは内心つぶやいた。だが、口に出しては、

「それはもちろん、そうでございましょうとも」

と相槌を打っただけだった。

「ともあれ、いまのところはシルヴィアさまのご容態は安定しておられますし、とにかくいまのところは一切刺激をしないように、というのがカストールのすすめでございます。極力、このところは安静にして、休息と栄養をとっていただき――また、どうもその、シルヴィアさまはですな、その、想像妊娠で……想像出産をされたお子を、その、それがしが『力づくで取り上げた』というように、思い込んでおられるようなのです」

「む――」

「その妊娠が子供ほしさのあまりの想像上のもので、その精神の病を断ち切るために、カストール博士が、『子供が産まれた』という暗示をかけたのを、シルヴィアさまのほうは、実際に生まれたのだと思い込んでおられ、そして、その子供は当然想像の産物で

ございますから、どこにも存在いたしませんのを、それがしが力づくで取り上げて運び去り、闇に葬ってしまった、というように誤解というか——思い込んでしまわれたようなのです。それゆえ、わたくしが顔を出すと、せっかくの安静状態もどこへやら、『子供を返してくれ』とまた錯乱なさるので、カストールが、それがしにも当分顔は出さぬように、とにかく当分いっさいひとと会わず、ひたすら安静にして精神の安定を取り戻すように、そうしたらおのずからそれがすべてただの精神の病であったことがわかるであろう、しかしその前にまたうかつにいろいろ刺激になることが起きると、ますますその思い込みの病は深くなってしまうだろう、と申すのです」

「そうか……」

「でございますので、それがしも当分はお顔はあちらには出さぬようにいたしますし——まことに、お気持はお察しいたしますし、申し訳もございませんが、陛下にも、いましばらくご忍耐あって——それもこれも、シルヴィアさまがご健康を取り戻すための措置とご理解あって、いましばらく、シルヴィアさまを絶対安静のまま、誰にも会わぬ状態で休養させてさしあげていただきたいと——」

「——わかった」

ちょっと黙り込んでいてから、グインは口重く云った。

「おぬしのいうことはもっともだ、ハゾス。すまぬな、ただでさえ、多忙な宰相に、こんな俺の私事でまで、面倒をかける。申し訳ないことだ」

「な、何をおおせになりますやら」

ハゾスはそうでなくともいささかちくちくと、良心のとがめを覚えていたので、あわてて叫んだ。

「わたくしは陛下のもっとも忠実なしもべでございますぞ。その陛下の御身辺の重大事は、わたくしにとっては国難にも匹敵する大事でございます。どうぞ、そんな御心配はなさらずに。――わたくしが顔を出すとシルヴィアさまが興奮なさる、というので、当座はお顔だしはひかえておりますが、むろんカストールとは緊密に話もいたしておりますし、いちいちシルヴィアさまのご容態についても報告を受けております。これからもそういたしますゆえ、陛下にも、まめにごようすはお伝えいたします。シルヴィアさまが、陛下のおこしを受け入れられる状態におなりになったら、すぐにでもお伝えして、陛下にお見舞いしていただくようにいたしますよ」

「すまぬな。そうしてくれるか」

「もちろんでございます」

「それと、一度、カストール博士に会いたい。おぬしのことばを微塵も疑うわけではないが、医者のいうことも――直る見通しはあるのかどうか、どのくらいいたてば落ち着くのか、などといったことも、ひととおり、夫として、俺も聞いておきたいのでな」

「それはもちろんのことで。ではただちにカストール博士にご都合をうかがい、こちらに参上させるようはからいましょう」

「すまんな」

「なんの、とんでもない。ただ、博士はただいま、ご存じのとおり大帝陛下の主治医もなさっておられますので、そちらとのかねあいで、やや時間がかかるかもしれませぬが、あまりお気になさらずごゆるりとお待ちいただければ幸いで」

「ああ。博士はそうでなくてもお忙しい身だ。俺の勝手ばかりは言えぬ」

「それから、ご相談でございますが……」

「なんだ、シルヴィアのことか？」

「とも申せますが——つまり……この、シルヴィアさまの精神のお病のことを、大帝陛下には、どのようにいたしたものか、というあれでございますが……」

「ああ。そのことか」

グインはちょっと目をきびしく細めた。

「そうだな……」

「これもやはり、かなり重大なことでございますので、わたくしの一存ではなんとも——ご処断を頂戴したいと思いまして。以前に、このことについては大帝陛下のご容態にさわるかもしれぬゆえ、大帝陛下のお耳にはいれぬように、と申されましたので、現在のところでは、カストールには口止めをいたしております。また、むろんカストールは『医師の沈黙の誓い』もございますから、たとえ親子であるといえども、異なる患者のことを他の人間にたやすくもらすことは決していたしません。——それゆえ、カストール博士からもれる心配はございませんが、それだけに、陛下が、大帝陛下にどのように——このことを、その……」

「そうだな……」

グインは考えた。

それから、ゆっくりと云った。

「それについても、カストール博士と相談してから、ということにしようと思う。というのも、きのうの夜もアキレウス陛下と晩餐後の一刻をおそばにはべらせていただいたが、陛下は確かにどんどん回復しておられるし、食欲も取り戻しておられるが、何分いったんは非常に衰弱しておられた上に、ご老齢でもおられるのでな。また、あのような年齢の人がこれだけ長いこと、寝付いておられると、起きあがって、足の筋力や、動き回る体力、持久力を取り戻すには、それなりの期間が必要だと思う、ということは、カストール博士からちょっと聞いていた。ここでもし、また我が子のそのような病ときいて、陛下のご容態が悪化するようなことがあればことが大きくなる。——もとから、シルヴィアのことは、アキレウス陛下にとってはいわば、最大の弱点というか……つねにかわらぬご心痛の種だ。陛下もお気の毒に、俺に対してまで、すまぬ、申し訳ない、娘がこのようで、おのれの育て方の責任だ、というようなことをたえず思っておられるようだ。それゆえ、精神の病というようなことをお聞きになればまたしても心をいためられるだろう。——それが、ご回復のさまたげになってはならぬ。——そう思うと、とりあえずはカストール博士に相談して、どの時点で陛下にお話していいかをきいたほうが無難だろうと思うのだが」

「さようでございますね」

いささか、内心ほっとしながらハゾスは云った。

「まさにそれがご賢明ななさりようかと存じます。それではわたくしも、早速にカストール博士をつかまえて、そのへんのことも陛下がお聞きになりたいと申しておられるよし、云っておきましょう」

「ともかくおぬしも博士もいろいろと急ぎの用件も、さらに重大な国事の難題なども——これはおぬしの話だがな——抱えているだろう。皇帝家の私事については、あとまわしでもかまわぬぞ。俺は我慢するし、陛下にとっても、これは、お聞きになるのが遅いほうが回復のさまたげにはならぬだろうからな」

「さようでございますね。ともあれ、申しておきます。それでは、わたくしはこれでさがってよろしゅうございますか」

「ああ。すまなかったな、多忙のところを」

「何をおおせになりますか。それでは失礼いたします」

ハゾスは丁重に礼をして、椅子から立ち上がった。

そして、室を出かかったが、忘れ物をしたかのようにふりむいて、何食わぬ顔で云った。

「そういえば陛下。——陛下は、パロにおいでのとき、パロの聖女王リンダ陛下とは、よくいろいろお話になっておられましたな」

「ああ？」

何をいうのだ、というように、けげんそうにグインがハゾスを見た。

「何の話だ？　リンダがどうしたと？」

「陛下は、確か、以前傭兵でおられたとき、リンダ姫に剣を捧げたことがおありである、とうかがっておりましたが」

「まあ、そんなこともあったな。だがそれは、つまり、リンダに雇われたということにすぎんよ」

「そのときにはリンダ姫が絶体絶命の危機にあって——国はモンゴールの奇襲に占領され、ご両親は殺され、双子の弟ともどもはるかなノスフェラスの砂漠、ルードの辺境、そしてレントの海上にあっていくたびも命の危険にさらされ——助力が必要といえばこれにまさるものはなかったはずでございますが、陛下は、その折、リンダ姫には、つまりその――憎からずお感じになったからこそ、剣を捧げられたのではないのでございますか？」

「いったい、何をいうかと思えば、ハゾス」

呆れたようにグインは云った。

「今度はリンダが俺の好みかどうか知りたいというわけか？　あれは、そのときにはわずか十四歳だったのだぞ。俺から見れば俺の子供も同然な年齢――といっても、俺はおのれのまことの年齢を知らぬが、しかしなんとなく、だいたいおのれが子供なのか、成人してからかなりたつのかくらいは体感で感じるものだ。俺はとっくに成人していて、そしてリンダとレムスについては、幼い子供、と感じていた。――確かに、勇敢で、危機にあってもひるまず、王家の誇りにみちた、きわめて希有な少女であるとは思ったな。だからこそ剣を捧げて守ってやろうとも思いはしたが、だが、それはあくまでもまあ《仕事》だったぞ、ハゾス。第一、くどいようだがあれはたったの十四歳だったのだ」

「いまはもう二十歳をこえられた、まさに中原一の美女の名にふさわしい、実に気品高くかおりたかい美しき女王になっておられます」

「ああ。そしてナリスどのの未亡人として、貞淑に、賢明に国を守っている。なかなかに、出来ないことだ。あの若さで」

「まことに健気な聡明な女性《にょしょう》でございます」

「だから、何を云いたいのだ、ハゾス？」

いくぶん、呆れたように、グインがハゾスを見た。

「俺がリンダを趣味だろうと趣味でなかろうと、それが何か関係があるというのか？　彼女はナリスどのの貞節な未亡人で、パロの女王だ。そして俺はシルヴィアという、愛する、しかも病気の妻をかかえて案じている夫で、ケイロニア王だ。よし俺がリンダをほかの女性とは違う、気にしてやらねばならぬ健気で立派な女人だと感じておったところで、それがものごとに何のかかわりがある？　俺は、シルヴィアが全快して、今度こそはあれが精神を病んだりせぬよう、家庭を大切にして、この次こそは、想像妊娠などという奇態な病ではなく、まことに俺の子どもをみごもらせてやりたいものだ——あの薄倖なむすめに、一刻も早く、家庭の幸福というものを感じさせてやりたいものだと思っているぞ」

「それは、もちろん、そのとおりでございます。——ただ、リンダさまのことをお聞いたしましたのは、このハゾスの、まあその——男どうしとしてのただの好奇心でございますよ。というのも」

ハゾスは、とりつくろおうとして、ついついよけいなことを云った。

「その、わたくし、実は、リンダ陛下のことがかなり——好みでございまして。といって、わたくしがネリアを大切にしておりますのには何の違いもございませんし。よろしいではありませんか。たまに、好みの女性について取沙汰するくらい、男の権利というものでございますよ。これは大変失礼いたしました。大変よけいなことを申し上げてしまいました。それでは、カストール博士にご都合をうかがっておきます」

4

と、いうようなわけで、ハゾスはグインが昼食をともにとすすめるのを、所用が重なっているので、と丁重に断り、グインのもとを退出して、いったんおのれの執務室のほうに戻っていったが、そのあいだも、胸のなかは千々に乱れる思いで一杯であった。もとが謹厳で生真面目なハゾスである。また、もとより深くグインのことは敬愛している。そのグイン王に、嘘をつきとおす、というだけでも、ハゾスの心はひどく慚愧にたえぬ思いでふくれあがってしまっている。

(だが——本当のことは……これだけは、たとえどのような拷問を受けようと、あとでどれほど陛下に嘘吐き、裏切り者のそしりを受けるはめになろうと——陛下には、これだけは……決して云えぬ……)

ハゾスは、そう、固く思い決めている。

(陛下にはおそらく——この恐しい事実を受け止めることはお出来にならぬだろう。たとえ一個大隊はおろか、一万人の大軍をさえ、ただひとりで引き受けて戦うことならば恐れることもない陛下だが、愛する女性《にょしょう》があのような――あのような行為に走った、ということを……陛下は、受け止めるどころか、理解することさえ、無理だ……）

（パリスとでも、身分違いの不倫の恋に落ちたというのならば、まだしも、なんとか理解はなされようが――それでも、またしてもおそらく、おのれが豹頭のゆえか、などということをお考えになって、かなりのいたでを負われるに違いないが――だが、《あれ》は駄目だ――《あの事実》――あのような話というのは……これは、正直、本当は、俺でさえ、理解どころか――じっとしていることさえ辛いくらいに、どうにもならぬ……）

（確かに、そういう病気、というものはあるのだろうが――色情狂、というような……からだがいうことをきかぬ、というようなことはあるのだろうが……それは、聞いたことがないわけでもないが、しかし、そんなものが、身近に――知っている女性に、しかもおのれの妻に――大帝の姫君に存在するなど……そのようなことを、どう受け止めろというのだ。俺だったとしたって、無理だ……）

ハゾスは、いったん執務室に戻り、たまった書類を一見精力的に片っ端から片付けていった。そのあいまに、カストール博士をこちらに呼ぶよう、マックス秘書官に命じて、カストールがやってくると、シルヴィアの容態をきき、もう一度、綿密に、グインに報告すべきことを打ち合わせた。

「想像妊娠と想像出産」というのは、これは、カストールの入れ知恵であった。こととしだいをすべて目撃したカストール博士も、これも長年ケイロニウス皇帝家に仕えている皇帝の主治医とあって、たいていの事情はわきまえている。このような話が公けになればたいへんな、前代未聞の醜聞になるだけではなく、せっかく健康を取り戻しつつある大帝も、戻ってきたばかりのケイロニア王も、ひいてはようやく平安を取り戻して浮き立つケイロニア全土も、空前絶後の大騒ぎに巻き込まれるだろう、ということは充分に予想がつくのだ。ハゾス自身はいたって謹厳な人柄であったから、「想像妊娠」などというものが存在することさえ知らなかったのだが、カストール博士は、長年の医師としての生活で、そのような事例があったことをも記憶していた。それで、いったいどう申し開きをしたものかとさんざん思い悩んでいたハゾスに、その知恵を耳打ちしてくれたのだった。

はなはだまゆつばであるし、はたしてそんなことを、グイン王が信じるかどうか、おおいにあやぶみながらも、ハゾスは、そのカストールの助言に従ってみることにしたのだった。だが、グインはどうやら、まだかなり疑わしげながらも、一応、そのことばを額面どおりに受け取ったようだ。その奇矯な病気のほうが、グインのような一本気で剛直な男にとっては、まだしも、おのれの妻が夜な夜なサイロンにさまよい出て乱交のかぎりをくりひろげていたのだ、などということよりは想像の範疇に存在しやすいのだろう。

　それゆえカストールから秘密が漏れる心配はなかった。カストールとの内密の打合せをおえると、秘書官に馬車をまわすように命じた。午後から、サイロン市庁で片付けなくてはならぬ会議に出席することになっており、またほかにもいくつか市中での用件があるから、という理由で、これはまったくの本当であったが、「その前に、ちょっと忘れ物があるので、公邸に立ち寄ってくれ」と命じたのは、本当は、そちらのほうが目当てであった。

「ちょっと、待っていてくれ。ものの半ザンとはかからず戻ってそのまま市庁舎にまわってもらうゆえ」

　あわただしく御者と護衛のものたちに命じておいて、ハゾスは急ぎ足に公邸の奥まった一室へと入っていった。その一画の周辺には特にまた厳重に、ランゴバルド侯騎士団の精鋭による護衛がたてられ、誰も近づけないようになっている。ハゾスはその奥まった一画のさらに一番奥の、カーテンをしめきった室に入っていった。

「どうだ。小イグレックの御機嫌は」

「あ、これは閣下。お戻りなさいませ」

　室の奥においてあった小さな籐のゆりかごの前に、かがみこんでいた、中年の女官が顔をあげて、丁重に挨拶してから、いやな顔をした。

「イグレックなどとおっしゃるのは、おやめなさいまし。おたわむれにせよ、可哀想ではございませんか」

「だが、見るからにイグレックではないか」

ハゾスは反抗的に云った。

「どうだ、ナルミア。赤ん坊殿は」

「お元気ですよ」

女官のナルミアは事情は何も知らぬながら、口もかたく、またきわめて忠実でもあり、ハゾスに仕えて長い、という理由でハゾスが選んだ女だ。ゆりかごの上掛けを半分はねのけて、ハゾスに見るよううながした。

「ちゃんと産湯もつかわせて、かわいそうにすっかり冷えていたのもぬくまって参りましたし、若い、赤児のいる下働きの女に乳をわけてもらってのませましたから、ずいぶん落ち着いて眠っておりますよ。イグレックなどといけずをおっしゃるものではございません」

「………」

いっそ、冷え切って、いのちを落としてくれていればよかったのに――

その思いで、ハゾスは、豪華なゆりかごに寝かされて一応安楽に眠っている、哀れな罪の赤ん坊を見下ろした。

赤ん坊は確かに、ハゾスがあのボロ切れにくるんでこの公邸に、マックスの御する馬車でひそかに連れ帰ったときとは見違えるようになっていた。真っ赤な顔は相変わらずだが、きれいに洗い清めてもらい、おしめもされ、哀れな腹もとりあえずいっぱいになって、よほど具合がよくなったのだろう。あのときにはいまにも死にそうにヒイ、ヒイと世にもあわれな泣き声をもらしていたものだが、いまはすやすやと布団のなかで眠っている。その真っ赤な顔を、ハゾスはしげしげと眺めた。

（だが、やはり——まったく綺麗な子ではない。というより……ひどく醜い赤児であることは確かだ。——なんというか、気品とか……そういうものがかけらほどもない。やはり、いやしい下司のしもじもの男の血ということなのか……）

そう思うと、身震いするほどのいやけがこみあげてくる。その子供には何の罪もない、ということはいやというほどわかっていても、その子が出来てしまうことになったおおもとの、罪深いけがれた行為、狂った淫らな行動のことを考えると、謹厳なハゾスにとっては、まるでその赤ん坊自体が、おぞましい臭気か瘴気を放っているように感じられてならないのだ。

「不細工な赤児だ」

思わずハゾスはつぶやいた。ナルミアが苦笑した。

「まあ、それは確かに、あまりお綺麗なお子ではございませんけれどもねえ。普通は、こんなものでございますよ。——ランゴバルド侯家の若君や姫君たちが、それこそ、あまりにお綺麗すぎますので。お父様もお母様も美男美女でおいでるのですから、無理もございませんが」

「……」

そのようなお世辞にはとりあおうともせずに、ハゾスはじっとその赤児を見下ろした。なすべきことははっきりしている、と思う。そしてまた、それが一番正しいのであり、この子供のためでさえあるのだ——ということも、わかっているつもりだった。

「ナルミア」

ハゾスは押し殺した声で云った。

「はい？」

「すまんが、ちょっとはずしてくれんか」

「は？　はいはい、かしこまりました」

ナルミアが疑いもせずに出てゆく。ハゾスは、ナルミアが扉をしっかりととざすのを待って、内側から鍵をかけた。鍵をおろす音は、外にも聞こえたに違いないが、ナルミアも老練な女官である。すでに、ハゾスがこの赤児を連れ帰ってきて、ハゾスがまだ少年だった昔からハゾスの身辺の世話をしていた——といっても、選帝侯のような大貴族の実際の身辺の世話は、もめごとを避けるため、基本的に同性の小姓に限られることになっているから、女官たちのやることは、日常の生活をととのえること、衣類や食べ物の面倒、掃除や片付けなどであるが――おのれを選んで「何もきかずにこの赤児の世話をちょっとのあいだ、してやっていてくれ」と頼んだときから、すでにこの赤児になにか深いいわく因縁があることとくらいはよくわかっているだろう。

（お前が、存在すると……すべてがよろしくなくなってしまうのだ……）

ハゾスは、よく眠っている赤児の、文字どおり赤い顔を猿のようだ、とあらためて見下ろしながら思った。

（それに、俺は――もう、陛下に、シルヴィア陛下は想像妊娠で、想像出産をなさったのだ、と申し上げてしまった。――いまごろは、カストールも、同じことを、陛下に申し上げている。――お前は、もうどこにも存在していないのだ。もともと、お前は、存在してはならぬ赤児だった。愛の行為からでも、正しい結びつきからでも、まっとうな男女からでもなく――呪われた色情狂の狂った母親から、おぞましい乱交と乱淫のはてに、望まれもせずに宿されてしまった、呪われたいのち――それがお前なのだ。しかも、すでに、シルヴィア陛下の妊娠と出産はすべて『想像の産物』だった、とされてしまった。お前自身がもう――ただの『想像の産物』にしかすぎないのだぞ。これ――赤児よ）

（まだ名もないお前――このまま、名もないまま、闇のなかへ戻れ。――それが一番いい。お前を望んだものは誰もいないのだ。あの愚かなおぞましい母親だって、本当はお前を望んでなどいなかった。生まれてしまえば、あまりにも愚かゆえ、あの女はまた、まるでおのれが望んで得た愛の結晶ででもあるかのような錯覚をおこしている。だが、そんなものじゃない——お前が宿された行為はけがらわしい、愛も正しさもかけらさえもないものだったし、そして、お前は、宿るべきではなかったのだ……)

(呪われた子だ——不幸な。闇に帰る前にせめて、一刻だけでも——一回、その腹をくちくしてやり、清潔にしてやりたかったのはせめてもの俺の情けだと思ってくれ。——俺を、うらむな。いや、俺をうらんでもかまわぬから……前にも頼んだとおり……グィン陛下と、そしてこの国にわざわいをなすのだけは勘弁してくれ。お前にこんな短い、何ひとついいこともない一生をもたらすことになったのは、みんな、あの愚かな病んだ心の女のせいなのだから)

(許せ)

ハゾスは、腰の剣に手をかけようとした。

それから、思い返した。こんなちっぽけな赤児の首をはねる、などということは、想像するだけでもおぞましかった。

(くそ……一番確実には……水の桶でも持ってこさせて——そこにほんの数分、頭をつけて押さえつけてやっていればいいのだがな……)

だが、そうすれば、侍女に、水を持ってくるよう、命じなくてはならないだろう。そうでなくても、マックス、護衛をさせた数人の騎士、カストール博士とその助手、と、ハゾスのおもわくとはうらはらに、否応なしにこのおぞましい《秘密》をわかちあってしまっている人数は、じりじりと増加してしまっている。この上、重大な秘密の核心に立ち入らせるものを、ハゾスは増やしたくなかった。

（どうせ、無力な赤児だ。——ちょっと、口を掌でおさえつけるだけで窒息する……ほんのちょっとのあいだの苦しみだ。辛抱しろ）

ハゾスは、手をのばした。

赤児はよく眠っているようだ。確かにとうてい美しいとも、整っているともいえぬその顔を、ハゾスは嫌悪の目で見下ろして、それからその口にその手をのせた。気分はひどく悪かったが、その顔に手がふれたとたん、いっそう、おぞましさのきわみ、といった気持にとらわれて、ハゾスは反射的に手をひいてしまった。

（くそ——俺も気が弱いな。というより……ひとにはそれぞれ、悪事をなすにしても、向き不向きというものがあるものだ——俺は、嬰児殺しなどという罪にはあまり……向いたほうとはいえないのだ。そんなものに向いている人間がいるのかどうか知らんが……）

考えて、ハゾスは、かくしから手布をひきだした。それを顔の上にかぶせて窒息させてやればよいか、と思ったのだ。

（俺を怨むな。うらむなら、おのれのあのおぞましい母親を怨んでくれ）

もう一度、しつこく唱えたのは、ハゾスのなかの、どうにもならぬ罪悪感がさせたことであった。

布をひろげ、それを赤児の顔の上にかぶせようとした、その刹那であった。

ハゾスは、うたれたようにおののいた。――赤児が、ぱちりと目を開いたのだ。

赤児がまた、弱々しい泣き声をあげたりしたら、ハゾスは反射的に、手に力をこめることが出来ていたかもしれなかった。だが、赤児は、声ひとつあげなかった。

その見開いた目は、異様であった。ハゾスはぎくっとなった。いつも、弱々しく泣きわめいている赤児であったから、そのくしゃくしゃの泣き顔しか見てはいなかったのだ。

（これは……この――この目は……）

こんな目を見たのははじめてだった。赤児の目は、右がかなり薄い青であり、左が異様なくらい黒く――その瞳は、右と左で色が違っていた。その、左右で色の違う目は、まるで、この赤児を、奇妙な魔物のように見せた。

（わからないの。いったいいつ――どの男としたとき、どのときだったかなんて、とうていわからないの……だって――だってあたし、いちどに何人もの男とあそんだわ。一番ひどいときは……いちどに五人もの男と寝たわ――その飲み屋にいた男全員と、その

飲み屋で……したの。死にそうになったわ……そのあたしを、パリスがかかえて戻ってくれたの。あのときかもしれないし――だったらあの五人の誰がなんてわかりっこない――でもそのあとにもまた、少しして、あたし――違う男をひろって連れてきたの。どうしてそんなことをしたのか、いまとなってはわからない――あたしにもわからないの)

シルヴィアが泣きわめきながら洩らした、恐しいことばが、いきなりハゾスの脳裏に浮かんだ。

とたんに、ハゾスは、突き上げてくる嘔吐感に、赤児から手をはなして顔を激しくそむけた。

(呪われた子め。――罪と汚泥と……汚らわしいいまわしい乱淫のなかから生まれ落ちた、生まれながらに罪の烙印をおされた子め……)

いきなり、ハゾスは、手をのばして、こんどは赤児のほそい首を絞めようとした。だが、またしても、ハゾスは、赤ん坊のからだに手をふれることが出来なかった。

「――駄目だ」

ハゾスは、呻いて手をはなし、その手で顔を覆って座り込んでしまった。

「駄目だ。俺には出来ぬ――どうしても出来ぬ……」

(しまったことをした……)

ハゾスのなかで、かすかな声で、そう叫んでいるものがあった。

（ここに、俺の公邸になど——連れてくるのではなかった。かりそめにひとたびくらいはからだも綺麗にしてやり、乳の一回も吸わせてやりたいなどと——つまらぬ情けをかけるのではなかった。……情が移ったというわけではないが……しかし——）

そもそも、あの恐しい地下牢の陰惨きわまりない空気と、シルヴィアが泣きわめき、あちこちから拷問を受ける罪人たちの呻き声がきこえ、石壁には長年の罪人たちの断末魔の苦悶がしみついてでもいるかのような建物の暗さのなかでなら、まだしも手を下すことは出来たかもしれなかったのだ。

だが、こうして、薄暗くしてあるとはいえ清潔できちんとととのえられた公邸のなかで、小綺麗に洗われて清潔な布団にくるまれてゆりかごに横たえられているとなってみると、もう、それは、小さいとはいえれっきとしたひとりの『人間』であった。あの、ボロ布にくるまれ、世にもあわれなたえだえな呻きとも泣き声ともつかぬものをあげる、ただのけだものの赤ん坊ではなく、それは、もう、まだ名前さえ与えられてはおらぬけれどもれっきとした「一人の人間の子供」であった。そして、ハゾスのようなまっとうな人間にとっては、たとえどのような正当な理由があるといえども、まったく無抵抗な、無力な嬰児を、手を下して殺害する、などということは、なかなかにしがたいことだったのだ。

（しまったな……俺としたことが……いや、俺にはとても——最初から無理だったかもしれぬ……）

（くそ……だが、俺に出来ぬものを——マックスになり、誰かに——やってくれと命じるというのも、あまりといえばあまりだ……）

（誰だって、罪もない赤児を手を下して殺してしまうことなど、好むはずもないんだ……）

もしも、そんなことを好みはしないまでも平然としてでかす人間がいたとしたら、それこそ、シルヴィアが身をまかせたような破落戸どもの仲間ではないか、と考えて、ハゾスは身震いした。

それから、もう一度、じっと、こんどはもう殺意の消滅してしまった目で、哀れな赤ん坊を見下ろした。

（罪深い子……）

ハゾスの聡明な目は、殺意のかわりに、奇妙なあわれみで翳りはじめていた。

（お前とても、このような呪われた生まれつきになりたいと思って——そうなったわけでもなかろうに……）

（それどころか、お前は……おのれが望まれもせず、愛されもせず——恐しい乱倫の結果として生まれてしまい、生まれてまだ一日か二日しかたたぬうちにランゴバルド侯ハゾスの手にかかって殺されるところであった、など、かけらほども知るまいに……）

（お前の父親は——おそらく特定することは不可能だ。たとえ、シルヴィア皇女が身をまかせた男たちを全員集めて糾明したとしても——お前が大きくなってから、顔の相似やなにかでまぎれもなくこれがこの子の父親だ、とわかるとしても——そんなことには何の意味もない。——そして、母親が——お前を産み落としたのがシルヴィア皇女なのだということは、決して知られてはならぬ秘密なのだ……）

（殺すことも、どこかに捨てて、死ぬようにしむけることも、俺の性情として、どうしても出来ぬというのなら、仕方がない。あとは——出来ることはたったひとつだ。この子が、おのれの出生の秘密を決して知ることなく、ごく平凡に、決してケイロニアの正史に登場することのないように育ち、そして誰にもこのおそるべき秘密を知られることのないまま死んでゆくようにはからうことだ……）

（どこかに——しかるべき金をつけて、里親として絶対に信頼できる人間を見つけ——なるべく、サイロンから遠い……出来ることなら外国のほうがいいくらいだが、外国には——そんなふうに俺が信頼出来るような人間の心当たりはない。絶対に信頼できる人間でなくては——決して何があろうと裏切らない——秘密で、と頼まれたら本当にその秘密を死守してくれるだけの信頼のできる……）

（ランゴバルドでは、駄目だ——サイロンにも近い……それに、俺の目に——そうかんたんに見えぬところがいい。……パロでも駄目だ——なんとなく、パロはとてもまずい、という気がする。パロでは……おそらく、何か、さきゆき、禍根になってしまいそうな気がする——どうしてだろう)

(だが、俺には殺せぬ——どうしても、この赤児を殺すことは出来ぬのだから、仕方がない。——無理に殺そうとしたら、おそらくこんどは、俺が——壊れる……ふ、ランゴバルド侯ハゾスとしたことが、ずいぶんと——神経のかよわいことだな……)

(これでも、宰相としては、それなり有能だと思われてもいるし——武人としたって、それほど遅れをとった覚えもないのだが……しょせん、人殺しにも才能がいるものらしい……誰かに頼んで殺させることとさえ出来ないのだからな、仕方があるまい)

(産褥で手をかけてしまえばよかったのだ——カストールに頼んで——だが、もう何をいってもムダなことだ。ここに連れてきて、乳をやったり、からだを洗わせろと命じてしまった時点で、俺はもうたぶん、この子を手にかけることは、どうしても出来なかったのだから)

(仕方がないさ……それもまた、運命というものだ……)

ハゾスは大きな溜息をついて、立ち上がり、机の上の呼び鈴をとりあげてかるく振った。

それから、気付いて、扉のところにゆき、鍵をあける。すぐにナルミアが入ってきた。

「この子は、普通よりは、早く生まれてしまったときいているのだが」

ハゾスは云った。ナルミアは、べつだん、鍵をかけてしばらくのあいだ、おのれのあるじが、この部屋のなかでこの赤児をどうしようとしていたのか、何の疑いも持ってはおらぬようすだった。

「さようでございますね、八ヶ月と半分くらいで、早産だったというお話でございましたね」

「発育が遅れたり――あるいは、それがもとで、からだが弱かったり――死んだりということはないのか？」

「それはもちろんございますでしょう。でもそれは、べつだん月満ちて生まれた子どもにもよくあることでございます。要は、生まれてからの面倒の見てやり方でございますよ、ハゾスさま」

「そうか。――では、この子は、生きのびる可能性もべつだん、他の赤児に比べて少ないともいえぬのかな？」

「早産なのは確かですし、普通よりはだいぶん、小そうございますよ。でもほかには特に変わったところはございません。この目は確かにかわっておりますが……ちゃんとみてやれば、健康に育つと思いますよ。いま小さいのは、そのあとの発育しだいでございますしね」

「――そうか」

ハゾスはまた、大きな吐息をついた。今日のハゾスは、いくら吐息をついても、胸のなかから、吐息のかたまりが減らぬかのようであった。

第二話　黒衣のロベルト

1

「ロベルト」

声をかけられて、ふりむいた《黒衣の選帝侯》ローデス侯ロベルトは、まったく視力を持っておらぬとは思えぬほど大きく柔らかな、黒びろうどのような瞳を、おおむねそのあいての方向にむけて柔らかな微笑を浮かべた。

「ハゾスどの、わたくしに何か？」

「ちょっと――お時間はあるかな。少し、折り入って、お願いというか、内密なお話があるのですけれども」

「わたくしにですか。もちろん、わたくしで出来ることであれば、いかようにも」

ローデス選帝侯ロベルト・ローディンは、生まれながら目がまったく見えぬという運命を背負っていながら、黒曜宮の廷臣たち、仲間の選帝侯たちのあいだでは、つねにこの上もなく敬愛され、大切に扱われている。アキレウス大帝の信頼もこよなく篤い。

それは、その不幸な運命にもかかわらず、ロベルトがつねにおだやかで聡明であり、そして驚くべき記憶力と鋭敏な知性とで、アキレウス帝のよき相談相手になるほどにすぐれた資質を持っているからだけでなく、ロベルトが、誰よりも優しく、誰に対しても誠実でつつましやかな友であることが知れ渡っているからであった。ハゾスは手をのばして、そっとそのロベルトの細い手をとった。

「ちょっと、私の私室にお立ち寄りいただきたい。――お小姓どの、このさきは、私がお手曳きをさせていただくので、よければ、私の私室の前で待っていていただきたい」

「お人払いが必要なのでございますね？」

ロベルトは察しがいい。

「イルス、ハゾス閣下の御随身からお呼びいただくまで、私の控えの間で待っておいで」

「かしこまりました」

「すまない、ロベルト」

ハゾスは恐縮しながら、女のように柔らかく白いロベルトの手をとり、気を付けてロベルトをおのれの執務室まで導いた。左手に細い華奢な杖をもち、右手をハゾスの手に託したロベルトの足取りは、もう黒曜宮を歩き馴れているからだろうが、なめらかで、まったくためらうところはない。

「そこを右に――ちょっと段差があるから気を付けて。――ああ、もう、私の室ですよ、ロベルト。すまなかった、このようなところまで、ものものしくお呼び立てしたりして」

「いえ、どうして。――何か、大事が起こったのですか。そうでしょう。何か、グイン陛下のお身の上にまつわることですね」

「なんだって」

扉をしめ、家臣どもを追い払い、手づからロベルトを椅子にかけさせながら、ハゾスはぎくりとして云った。

「あなたは、魔法使いか、ロベルト。それともひとの心を読む？　なんで、グイン陛下のことだと」

「そのような気がしただけのことですよ。あなたはいつも冷静沈着な方だもの、ハゾスどの。あなたのお声がいつもと違う。あなたがそのように動揺されるのは、グイン陛下のお身の上についてだけですから」

「そ、そうかな」

驚いてハゾスは云った。そしてあらためて、相手をしげしげと見やった。

いくら見つめても、相手から鬱陶しがられるおそれはない、とわかってはいるが、その柔らかな大きな黒い瞳がまったく見えていないとはなかなか信じがたい。ロベルトは美しい端正な顔立ちをした、いつも黒衣に身を包んでいるところから「黒衣のロベルト」と呼ばれている優雅ではかなげな異色の選帝侯で、ほっそりと小さく華奢だったが、知力においてはアンテーヌ侯アウルス・フェロンも一目おくと噂されていた。アキレウス大帝の信頼も深く、公私に渡る大帝の最も信頼する相談相手でもある。

「でも、私の家族にでも何かおこったかもしれないし、ケイロニアの国の問題ということもあるのでは？　どうも解せないな、ロベルト。あなたの魔術にかかっているような気がする」

「御家族のことなら、あなたはそんなふうに動揺はされませんよ、ハゾスどの。雄々しくて、私的なことを宮廷に持ち出すのはとても羞じられるケイロニア気質のかたですから。それに、国事の問題でしたら、わたくしなどにご相談が必要なことはまずございますまい。——それに、御自分自身のことなら——うまく云えませんね。お声がもうちょっと、違う響きをもっておられると思うので」

「私の声、声か。うーん、私には、自分がそんな違う声を出しているとは思えなかった。こうなると、かたなしだな。では、もうあなたには何を隠しても仕方がないということで、率直に申し上げる。——あなたは、秘密を守れる方ですよね、ローデス侯ロベルト」

「ええ。守らなくてはならぬ、と思ったときでしたら、決して秘密をもらすことはございません」

「まさにこれはそのようなことなのです。それに、どうあっても――なんというか、どうしても信頼出来る人が必要だ。ただの信頼出来る人ではなくて、何があっても信頼出来る人が、なのですが」

「おそれおおいですね。ハゾスどのにそこまで信頼していただくというのは」

ロベルトがやわらかく笑った。ハゾスは、覚えず立ち上がり、もう一回、扉をあけて外をあらため、奥の窓の外をあらためた。

「こうなると、グイン陛下が今朝方話しておられたのもむべなるかなと思うな」

思わず云う。

「陛下が、なんと？」

「いや。結界を張って秘密を維持したりするためにも、ケイロニアにも少し、パロ同様魔道師軍団を用意することをいずれ検討してみたい、といっておられた。あと、情報の収集や素早い報告のためにね。もっともそのようなことになると、旧例を墨守したがるうちの舅どのや、ほかの選帝侯のご老体たちがなんと言い出すか知れたものではないが。まったく落ち着いて話を受け入れてくれるのはあなたくらいのものだろうな、ロベルト」

「ハゾスどのは、たいそうわたくしを買い被って下さいますが」

ロベルトがかすかに微笑んだ。

「とても、お話になりにくいことなのでしょうか？　でしたら、少し、お話をされやすいように、わたくしのほうから当ててみましょうか。——もしかして、それは、シルヴィアさま——シルヴィア王妃陛下にかかわることではございませんか？」

「え」

またしてもハゾスは仰天して、あわや椅子から飛び上がるところだった。が、ハゾスはなんとかおのれを押さえた。

「どうも、あなたにはびっくりさせられてばかりいるな、ロベルト。しかし、まさかもうそんなことが宮廷でうわさになっているのだろうか？　だとしたらもっと大変な……」

「何も、噂になってはおりませんし、わたくしはまた、もともと、うわさ話に首を突っ込むことはまったくございませんよ。ただ、まさに今朝方、アキレウス陛下が、いたく御心配だったのです。シルヴィア陛下が、まったく、グイン陛下がご帰国になってからお出迎えにもあらわれておられず、ずっとご不例ということで——父君でありながらアキレウス陛下もしばらくシルヴィアさまとお会いになっておられないが、グイン陛下は、まさか、まだ一回もシルヴィアさまとお会いになっておられぬ、などということはないだろう、と」

「おお」

ハゾスはちょっと衝撃を受けて云った。

「それは――だが、そうだろうなあ。大帝陛下にしてみれば――何も御報告も受けられないし、あれやこれや、お気に懸かることばかりだろうし……困ったことだ。あまり、そういうご心痛の種があると、また陛下の回復にさわりにならねばいいが。グイン陛下も、それを一番心配しておられる」

「アキレウス陛下のご回復はおおむね順調なのですが」

ロベルトは云った。

「今朝はグイン陛下とはご朝食は一緒におとりにならなかったのです。グイン陛下は途絶えていた、外国使節たちとの朝餐と、それから公式謁見を復活されましたので、午前中はたいそうお忙しくていられる。――そのようなわけでアキレウス陛下のご朝食はわたくしだけがご陪食させていただきましたが、食欲のほうは随分戻られております。ただ、とにかくシルヴィア陛下のことが御心配でならぬごようすでしたね」

「それは、そうだろうなあ……」

「オクタヴィア殿下が、また、マリニア姫の治療のため、泊まりがけでサイロンにいっておられるので、なおのこと、いささか鬱屈しておられるようです。もうちょっと、ご体調が戻られたら、光ヶ丘の隠居所に戻りたいのだが、という御意向を洩らしておられましたが」

「そのほうが、大帝陛下にはいいかもしれませんね。黒曜宮はなにかと騒がしすぎるし」

ハゾスは云った。それから、腹をきめた。どちらにせよ、あまりのんびりと話をしている時間はなかったのだ。

「ロベルト。このようなことを云って何だが――あなたを絶対に信頼して、ひとつお願いごとがあるのですが」

「何なりと。ハゾスさま」

即座にロベルトは答えた。ハゾスは、つと身をおこして、ロベルトの柔らかい手をとった。

「あなたのお国、ローデスはとても静かで平和なところだ。――ひとり、預かって欲しい人間がいるのですが」

「おやすい御用です。それが何かとても重大な秘密にかかわりがあるのですね？」

「その通りです。私が、あなたにこういうお願いごとをした、ということは、誰ひとりとして知られては困る。いや、むろんあなたの信頼する部下なりなら――というか、誰かには、知られないわけにはゆかないのだが。というのは、その――預けたい人間というのは、人間の……子供なのです。赤ん坊なのです」

「赤ん坊を。それは、つまり――その赤ん坊を、ひとに隠して育てればよろしい、ということですか？」

「いや、というか……」

ハゾスはちょっと口ごもった。それから、信頼して預けるからには、ある程度事情を知っておいてもらったほうがいい、と判断して、さらに声を低めた。

「これからお話することは、とても不愉快な話で――私としては、口にするのもイヤなような話なのだが。でも、これほど重大なことをお願いするからには、ちゃんとある程度の事情をお話しないわけにはゆかない。実は、その赤ん坊は……さきほど、大帝陛下が御心配になっていた女性の……産み落とされた子なのです。しかも、非合法に。というか、まったくの、極秘裏に」

「王妃陛下が」

おだやかに、ロベルトは云った。また、ハゾスはちょっと感心した。その、たいていのものなら叫び声をたてるような話をきいても、ロベルトの声の調子も、その優しい顔も、何ひとつ変わったようすさえなかったのだ。

「そうですか。事情はわかりました。それは、グイン陛下のお子ではないのですね」

「それどころか」

にがにがしく、ハゾスは吐き捨てた。

「あなたのような清らかなかたにはお聞かせするのさえ、いまわしいような話だ。――それは、不倫の子でさえない。それは……父のわからぬ子なのです。あの女性が、いとわしい乱行の末に、迂闊にもはらんでしまった、罪と汚れの結実。本当ならば、即座に抹殺すべきところだった。だが、私も四人の子どもを持つ父親で、ついつい……生まれ落ちたばかりの赤児を手にかける勇気を失ってしまったところが、そのまま――手にかける機会を逸してしまった。ひとたびでも、せめて腹をみたし、清潔にあたたかくしてやってから殺そうなどとつまらぬことを考えたばかりに、勇気をなくしてしまって、赤児の命をとることが出来ない。ランゴバルド侯ともあろうものが、情けない話です」

「どうしてですか、ハゾスさま。わたくしは、そのお話をきいて、まさしくそれでこそ天下の名宰相ランゴバルド侯ハゾスさまらしい、情け深いお心、と感じましたが」

「母親にも望まれておらぬ子なのです。誰にも望まれぬ――本当なら、死産してくれていれば一番よかった。だが、あいにくと、早産なのに元気に生まれてしまった。殺す勇気がないのだから、あとはどこかに捨てるか、誰かにくれてやるか――だが、迂闊なことをすれば、どこからどんなふうに秘密が漏れぬものでもない。さんざん、悩んだのですが、その結果が、あなたにお願いしてはどうか、ということだった。あなたならば――ローデスは、サイロンからはかなり遠い選帝侯領のひとつだし、それにとても静かで

「わたくしに、ご相談のお声をおかけ下さって、とてもよかったですよ、ハゾスさま」

ロベルトは穏やかに答えた。相変わらず、その端麗な顔には、いかなる動揺の色もなく、まるでごくごくありきたりな天候の話をでもしているかのように落ち着いていた。

「事情はよくわかりました。そういうことでしたら、たとえばわたくしが、ローデスの城で育てるというようなことは、ハゾスさまはお望みではないのですね。むしろ、誰にも知られず、その出生の秘密――わたくしは、特にそれがいまわしいとも思いませんけれども――その秘密を知られることなく、平凡で安寧な一生を送ってほしいとお望みなのでしょう。よくわかりました。……それなら、まさにローデスはうってつけのところですよ」

「ロベルト……」

「たいそう、山深い、静かでへんぴなところですし。それに、ローデスでは、誰も、家の扉にカギなどかけないで暮らせるというのが自慢話になっています。ローデスでは、もう長いあいだ、百年以上ものあいだ、何の事件らしい事件も起こってはいないのです」

「そうだという話をきいた。信じがたいことだ」

「ローデスではみな、満ち足りて心静かに暮らしています。――だが、なかには、子供が欲しいと心から願っている農夫と農婦の善良な夫妻などもいくらもおりますよ。……私はなかなか、アキレウス陛下のおゆるしが出ないので、ローデスまで戻っていることが出来ないのですが、近々に、家臣の数人が入れ替えのためにローデスにたちます。そのなかのひとりは、私がとても信頼している者です。それにその赤児を託して、ローデスに連れ帰らせて、里親を捜させましょう。あまりローデス城にも近くなく、山里で、だが比較的裕福に、でも裕福すぎずにまっとうに働いて暮らしている、平凡な農民の家に、里子として、いや、我が子として育ててもらうよう、頼みましょう。そうして、その里親にはよく頼み込んで、その子が大きくなっても、養い子であるということは決して洩らさぬよう、頼んでおきましょう。――そのためには、信頼出来る人柄のものであれば、たとえどのような出生にせよ、ちゃんとした、まっとうな大人に育ててくれましょうし。――大丈夫ですよ、ローデスには、そのようなことをきけばよろこんで助けてくれる、義俠心の強い領民が沢山います。ご安心下さい」

「あなたにそう請け合っていただくと、なんだか、百万の味方を得たようだ」

ハゾスは、この数日来の疲れと鬱屈が、いちどきにからだから抜けてゆくように感じて、ほっと息をついた。

「ちょっと、お茶が欲しくなった。一瞬だけ、人払いを解除してお茶を頼みましょう。まだ、多少のお時間は？」

「ええ、わたくしは、アキレウス陛下のおひるまでにおそばに戻れば大丈夫です」

「熱いお茶が欲しいな。なんだか、ひどくこのところ疲れていましてね」

ハゾスは呼び鈴を鳴らして、小姓に熱い茶を持ってこさせた。小姓がただちに二人分の熱い茶を運んできて、それぞれの前におくあいだ、二人はあたりさわりのない、今朝の謁見の話だの、アキレウス大帝の体調などの話を機嫌よくかわしていた。

その後、ハゾスはまた小姓に人払いを命じてさがらせた。

「お茶はここにありますよ、ロベルト。大丈夫かな」

「ああ、大丈夫です。有難うございます」

「あなたは、いつものように、穏やかで、安定していて……」

ハゾスは、熱い茶を飲んで、思わずほっと吐息を漏らしながら、つぶやくように云った。

「なんだか——長い雨雲のなかを抜けてローデスの青空をかいま見たような気がした。——大帝陛下があなたをこよなく御信頼なさるのも無理はない。あなたは、何があっても、決して騒ぎたてないのだな、ロベルト」

「そんなことはありません。騒ぐときは騒ぎますし、驚くときは驚きますよ」

おかしそうにロベルトが云う。

「そんなに買い被っていただくほどの人物ではありませんよ、ハゾスさま」

「私は、やはり一番の親友といえばディモスになるのだろうけれども」

ハゾスはまた、今度はゆっくりと茶のかおりを味わいながら苦笑した。

「このような話はとうていディモスに持ち込む気にはなれない。どれだけ、あれが云ってもしかたのないようなことを叫んだり、騒いだり、私に説教したりするか、いやというほど想像がつきますからね。ワルスタットではなんというか、しゃばっけが強すぎる、という理由だけでなく、こんなことを、ディモスに頼む気にはてんからなれない。――といって、うちの舅どのではさらにおおごとになるだろうし。といって、こういうことはアウルスどのでもちょっと……」

「それは、アウルスさまは、またそれなりのいろいろなお考えがおありになるおかたですから」

ロベルトは云った。穏やかな言い方ではあるが、なんとなく、ハゾスがぎくっとして、あらためてこの黒衣の選帝侯を見直すような何かの響きがそこにははらまれていた。

「アキレウス陛下の、というか――ケイロニウス皇帝家のそのような醜聞については、アウルスどのにはご相談になるべきではないと、わたくしは考えます。――ケイロニウス皇帝家に何か最終的な不祥事があって、万一にも皇帝家が断絶するようなことがあれば、アウルス家はそのかわりにケイロニア皇帝に名乗りをあげられても、まったくおかしくないだけの格式と歴史をそなえておられますからね」

「……」

また、思わずぎくりとして、ハゾスはこの盲目の相手を見つめた。

ロベルトはだが、そのハゾスのちょっと感じた戦慄をそらすように、おだやかに云った。

「それで、うかがうのを忘れておりました。そのお子というのは、男の子なのですか、女の子なのですか」

「女の子ならまだよかったのだが」

「男の子なのですね。なるほど。——なんという名前？」

「まだないのですよ、ロベルト。こうなったらもう、みんな正直にいいますが、産褥から私が強引に取り上げてきた。産婦が名前を考えていたのかどうかなど、聞きたくもなかったし——おそらくあの状態では考えるほどのゆとりはなかっただろうな。完全に、錯乱状態になっていましたからね。私のサイロンの公邸にこっそりと連れてきて、信頼できる女官に養わせているが、私は《小さなイグレック》などと呼んでいたばかりで」

「それは可哀想だ。そんな不幸な出生の子供であればこそ、なにも、それ以上に不幸を背負わせることはないと思いますよ。——うわさにきくあのゴーラのイシュトヴァーン王の王妃、アムネリスもと大公は、イシュトヴァーン王の子供を出産して、産褥で自害するとき、子供に《ドリアン》という名前をつけよと言い残して息絶えたそうですね。

何の罪もない子供に、なんとかわいそうなことを、と私は思いましたが。――大きくなってから、おのれの母親が、おのれに『悪魔の子』という名前をつけた、と思ったら、その子はどんな思いがするでしょう。――そう思うと、私はとてもいたたまれない思いになります。でも、そうですね。確かに、王妃さまがつけた名前などではないほうがいい。万一にも、その名前がなんらかの証拠になってしまっては困る。――でも、誰かに託すときには名前は必要ですね。よろしければ、わたくしが、その子の名付け親になりましょうか」

「おお、そうしてやってくれれば。それは、私だって――子供に罪はないとは思っていますよ。そう思えばこそ、連れてきて、何回もその子に手をかけようとしたのだが、どうも出来なかった。何か、よい名前を考えてやって下さい、ロベルト」

「イグレックのような子供なのですか。早産だとおっしゃっておられましたね」

「八ヶ月くらいで生まれてしまった。だがなかなか生命力はしぶといようです。ただ、よほど環境を選んでやらないと――まわりの子供たちに苛められるようなことになるかもしれないな」

「というと。何か、普通と違うところでもありますか」

「目がね。――いや、ものを見るのは普通のようです。ただ、右と左の瞳の色が違うのです」

「目の色が、違う？」

「そう、右がうす青で、左が黒い。かなり目立つでしょうね、あれは」

「そうですか……」

ロベルトは何か静かに考えているようすだった。

「それは、確かに、環境を選んでやらないと、いじめっ子がいればいい苛めの種になるかもしれませんね。子供たちというのは、とかく、ちょっとでも規格と異なったところのある子というと苛めることが多いですから。いかに善良な人々の多いローデスといっても、それはよそとかわらないですしねえ」

「それもあるのでね――あまり、こういうとローデスをおとしめていると思われては困りますが、都会でないほうがいいのかなとも」

「おとしめているとは思いませんよ、確かにローデスは田舎のなかの田舎ですから。ただ、田舎ならば、人間関係が必ず和やかだとも限りませんからね……かえって、田舎のほうが、限られた狭い場所で、つのつきあったり、互いに悪口をいいあったり――面倒くさいときもありますし」

ロベルトは苦笑した。そして、ちょっと寂しそうにうなづいた。

「そうですね。では逆に、善良で、よく働く開拓農家の家族などを捜したらいいかもしれません。付き合うにも、隣りまで何モータッドもはなれていて、馬でゆかなくてはならないようなね。そういう環境ならば、子供も一生懸命働いて親を助け、そのなかで喜びを見出してゆくような生活を覚えることでしょう。大体、見当がついてきました。いつ、その子供というのを、お引き取りにうかがわせましょうか」

「いつなりと、ロベルト。あなたの都合のよろしいときに。こちらは、サイロンの公邸で、私の私設秘書官のマックスというものの名をいっていただければ、すべてわかるようにしておきます」

「むろんご公邸でもあまりおおっぴらにしてはおられないのですね。では、こちらもいろいろ考えて、裏口から連れ出すようにさせたりしておきます。そしてそのまま——私の公邸に戻ったりすると、どこからどう、あとをたぐられてしまわぬものでもないですから、もう完全に出立できる用意をさせてそちらの公邸にやり、そのまま旅立たせることにしますよ、馬車で。それならば、よほど事情をわきまえてあとをつけでもせぬかぎり、そのあたりのやりとりを知ることが出来るものはいないでしょう」

ちょっと沈黙が落ちた。

2

「——あなたは、話が早くて本当に助かる、ロベルト」

ややあって、茶をひと口に飲み干して、ハゾスは云った。心にずっとのしかかっていた事柄が、一気に片付いた思いで、相当気分は軽くなっていた。

「これだからアキレウス陛下がかたわらをかたときもお放しにならぬはずだ。もしお目さえご不自由でなければ、私などより、あなたのほうがよほど大ケイロニアの宰相にふさわしいかたかもしれない」

「何をおっしゃいます。私には、そのような器はまったくございませんよ。私はただ——どういうものか、皆様が、私が決して洩らさぬとお考えになってでしょうね、奇態にいろいろな打ち明け話やご相談を持ってこられますので、なんでもうかがって、この胸ひとつにおさめてしまうだけです」

「それで、あなたのほうは鬱屈されないのかな、ロベルト。私だったら、そんな、秘密の打ち明け場所にされていたら、そのうち叫びだしてしまいそうな気がする」

「私はなんともありません。いたましい話だなとか、お気の毒だなとか思いはしますけれどもね。でも、私はたいてい何もこちらから助言だの、批判がましいことは一切申しません。それで、皆様が、信用していただけるのかもしれませんね」

「ああ――それこそ、もっとも貴重な得難い資質というものですよ、ロベルト」

「ひとつだけ、気になることがあるのですけれどもね、ハゾスさま」

ロベルトは思慮深い顔をハゾスのほうに向けた。目は動かないが、非常に聴力が発達しているので、話す相手の方向に顔をむけるようすだけをみていれば、目が見えぬとはとうてい思われぬようなようすである。

「というと？」

「グイン陛下のことなのですが。グイン陛下は、そのことをご存じで？」

「いや」

ハゾスは、ロベルトと話していることで、おのれがおおいに慰められ、ほっとしていることを感じていたので、実はロベルトがそう切り出さなければ、おのれのほうからその話をはじめているところだったのだった。

「それについても、実は、ちょっとあなたのご意見をうかがってみたかったのだが」

「はい。わたくしでよろしければ、どのようなことでも」

「実はね――ロベルト。私は本当のことを、グイン陛下に申し上げていないのだ」

「………」

「なんとも……あまりにも、いたましいというか、むごたらしい話で――敬愛する陛下にそのようなむざんな話を申し上げかねて……実は、そもそもは……グイン陛下が、シルヴィアさまに会いにゆかれたさいに、妊娠に気づかれて――それでどうしたものだろうと、私にご相談があったので、私がお引き受けしたのだが。それでシルヴィアさまに面会してみたところ、あまりにあさましい――と云おうか、正視に耐えぬような事実が判明した。あのかたは、グイン陛下のお留守の間に、まあその――こんなことはあなたの前で口にしたくもなかったが――夜な夜なサイロンの町に忍び出て、遊び歩き――サイロンで、まあ本当に皇女かどうか、とまでは確信されていなかったことを祈りたいが、男をあさり、ときには複数の男性と……」

ロベルトのおだやかな表情は少しも変わらなかった。

その、ロベルトのしずけさが、かえってハゾスを多少意地にした。気品高いロベルトの前で、このような下司な、あまりに卑しいことを口にするのをためらっていたのだが、かえって、ロベルトがあまりにも平然としているので、驚かせてやりたくなったのかもしれぬ。

「そう、ひとつの店にいた男性全員と乱交されたことさえもあるのだという。そのような云おうようない乱行のはてに、ついに妊娠されてしまった。だから当然父親が誰かなどわかりようもないし、もしかしたら、あの子供の顔がひどく醜いのとか、目の色が変なのも、あるいはなんらか病持ちの男などがいたのかもしれぬとさえ疑える。――シルヴィアさま自身もひどいありさまだった。錯乱して、まったく女官たちをさえ受け付けなくなり、ものも食わずからだも洗わず、けだもののように穴ぐらにこもって――寝室にだが、掃除もさせぬのですっかり、それこそけだものの巣穴のようになったところで産み月が近くなるまでたてこもっておられたのだ。なかば力づくでそこからひきだして手当を受けさせ、手引きをしていた女官と御者の下男を糾明したのだが、この下男とも皇女は関係を持っていたらしい。もしかしたら宮廷のなかでもほかにもいたかもしれぬ。――こんなあきれ果てた話を、グイン陛下にできたものではないではないか？　だから、私は、私の一存で、陛下には、こう申し上げてしまったのだ。シルヴィア陛下は、想像妊娠で、想像出産をされて、結局本当にはお腹に子供はいなかった、だが陛下は錯乱して、子供をハゾスに取り上げられたと思っておられる。だから、当分のあいだ、シルヴィアさまとは、ご面会にならないで、シルヴィアさまが落ち着かれるのを待っておられたほうがいい、と。――そのように申し上げたのだ……」

ロベルトは、穏やかに、悲しげな微笑を浮かべてハゾスのことばをきいているだけだった。

だが、その沈黙のなかに、何か、不賛成――というほど強くないまでも、何かあまりはかばかしくないものを感じ取って、ハゾスの声はしだいに小さくなり、さいごには、思わず、途切れて消えてしまった。

「私の――したことは、間違っていたとお考えか。ローデス侯」

その、奇妙な威圧感をはねかえすように、ハゾスの声はちょっとあらたにきつくなった。

それを、やわらかく、おさえるようにロベルトは手をあげて、また悲しげに微笑した。だが、その唇をついて出たことばは、ものやわらかに発されたにもかかわらず、ハゾスが飛び上がるほど峻烈だった。

「ええ。残念ながら、そのように考えます、ハゾスさま。そのようにグイン陛下に申し上げたのは、間違っておられたと、ロベルトは考えます」

「そ――そうだろうか？」

ハゾスは反発した。

「だが、ロベルトどのはご存じない。グイン陛下は、ああみえて、女性にはひどくうぶなおかたで――しかも、シルヴィア陛下を、深く愛しておられるのだ。その上、ああして長い遠征から戻ってこられ、御自身も記憶に若干の障害を発しておられる。なかなかに困難な――記憶が部分的に障害されておられるので、なかなかに、御本人もいろいろと動揺されている部分もある。が、むろん、国政をみるにあたってはさしつかえはないのだからと、そのようなことはまったく皆にも公開せずに、元気にしておられる。――しかもアキレウス陛下もあのようなご病状で、大帝陛下にも御心配をかけたくない、という御意向でおられる。――この上、私は、グイン陛下にご心痛をかけるにしのびなかったのだ。その考え方は、間違っていた、と？」

「ええ」

だが、またしても、ロベルトの答えは、ハゾスがめげるくらいきっぱりとしていた。

「これは、とても困難なお話であることはわかります。しかし、どのようなときでも、どれほど辛い真実であれ――いえ、真実が辛いものであればあるほど、勇者をしてそれに直面せしめぬことは間違っている、というのが、わたくしの考えです。といって、これはあくまでも、わたくしの考えにすぎませんが」

「だが――」

ハゾスは、なんといっていいかわからぬ気持になりながら、なおも食い下がった。

「グイン陛下をこの上傷つけたくない。――それに、こんな不名誉な……あなたは高潔で清らかなかただ、ロベルト。シルヴィア殿下の行跡の話を、おぞましい、総毛立つようなものと思われただろう？」

「………」

ロベルトは、しばらく、見えぬ目をとじて、じっとおのれのなかの声をきくかのように、考えていた。

それから、口をひらいたとき、その声は、静かで、そしてとても悲しそうだった。

「おぞましいとは思いません。――まして、総毛立つなどとは、まったく。ただ――悲しいことと思います。とても、とても悲しいお話だと。……シルヴィアさまは、おそらく――とても深く病んでおられたのですね。心を――そのことに、誰も……グイン陛下が遠征に出られてから、誰ひとりとして、心づかって差し上げなかったのだと思います。それについては、わたくしも、選帝侯のひとりとして、責任を感じます。シルヴィアさまおひとりに罪を背負わせるのはしのびない」

「だが、このような汚らわしい乱淫を――私はそんなこと、口にするさえ口が腐る思いがする。まして、グイン陛下のような、高潔な、清らかなかたの奥方ともあろうものが……夫を裏切り、そして……」

「それは、確かに、ハゾスさまのおおせになるとおりなのだとは思いますが」

ロベルトはやわらかく、ハゾスのことばをさえぎった。

「でも、ひとというのは、弱いものですし、まして女人、うら若い女人などというものの心は弱いものです。――それに、シルヴィアさまは、不幸なお育ちをしておられ、とかく傷つくことも多くておいでになった。――わたくしは、アキレウス陛下のお側仕えをさせていただいておりますので、何かとアキレウス陛下のご本心を伺うことも多くなります。陛下は、わたくしに、はからずも洩らされたことがかなり何回もございました――すなわち、いま、アキレウス陛下の最大の気がかりというのはひたすら、シルヴィア姫のことであり――オクタヴィアさまにくらべて、可哀想だがどうしてもシルヴィア姫をいとしいと思えぬ――マライア陛下の血をひいておられると思うだけでも、どうしてもその母親のしたことを思い出してしまうし、それをおのれにたしなめて、両方の娘に同じようによくしてやろうと懸命につとめるのだが、どうしても、気の合う、合わないもはっきりしてしまうし、また、オクタヴィア姫とは、御一緒に暮らしてもおられ、マリニア姫という、最愛の掌中の珠もおられる。また、気性もやることも、どうしてもオクタヴィア姫のほうがしっくり来るし、シルヴィア姫のやることなすことにはたえず頭をかかえてばかりいる……それゆえ、いけないと思いつつ、やはりどうしてもシルヴィア姫をうとんじる――とまではゆかずとも、遠ざけがちになってしまうのだ、と」

「………」

それは、だが、その素行からいっても当然ではないか――とハゾスは云いたかったが、押し黙っていた。

ロベルトは、ハゾスの云いたいことは充分にわかっている、というように、かすかにうなづいた。

「シルヴィアさまは、父上に愛されている、という実感をまったく持たずにお育ちになったのでしょうね。――また、母上は父上の弟君と不倫の関係に走り、父上を暗殺しようとして命をおとされたという、あまりにも苛酷な運命もお持ちだし、しかも、その後、キタイへの拉致事件などもあって――とても、劣等感の強いかただとも思いますし、また、宮廷じゅうから失格の烙印をおされている、というひがみも当然おありでしょう。ましで、姉上があのようによくできたおかたとあっては。――わたくしは、シルヴィアさまのお気持のほうがよくわかる気がするのですよ」

「あなたが、ロベルト」

思わず、ハゾスは疑いの声をたてた。ロベルトは悲しそうに微笑んだ。

「私は、もともと、なんでもとてもよく出来る兄の下に生まれ、ローデス侯家の厄介者で終わるはずでしたからね。その兄が、早逝してしまったことで、父も嘆いて早くにまるで自殺のように事故死し、そのようななりゆきで、目のみえぬ私がローデス選帝侯をうけたまわることになりましたが、幼いころは、私もずいぶんとひがんだり、おのれの運命をうらんだりしていたものですから。ですから、私には、シルヴィア姫のお気持ちもよくわかる気がするのです。――良く出来たきょうだいを持って、おのれは何もできぬとそしられているものの気持が。――それだけに、シルヴィアさまにとっては、グインン陛下とのご結婚は、すべてをくつがえしてくれ、シルヴィアさまに永遠の幸福を約束してくれるものと思われたでしょうし、グイン陛下はそのようにお約束なさったでしょうし――あのかたなら、お出来になったでしょうから。でも、陛下は、パロ遠征に出てしまわれ、しかも失踪してしまわれた……」

「そんなことは理由にもなりませんよ、ロベルト。軍人の妻なら誰だって、夫が遠征にゆくあいだ家を守ることくらい……承知の上で結婚するものだ」

「そう、でも、問題は、ひとの心が誰でも、清廉潔白だったり、強かったり高潔だったりはしておられない、ということですよ。私はひと一倍心根が弱いので、それでいっそう、そういう弱い心をもったひとびとの上に同情をよせてしまうのかもしれませんが」

「あなたが？　私には、あなたは誰よりも強い心をおもちのように見えているのだが」

「とんでもない。私はきわめて弱い人間ですよ。ですから、逆に――シルヴィアさまのようなことをしでかす勇気さえないのです。それに私はこのとおりのからだですからね。諦めるほかはなかった。でもシルヴィアさまは、なまじ、気性のなかには、本来はアキレウス大帝の剛毅の血、おのれで決断され、おのれで選び取って行動される果断な血を持っておられないわけではないのでしょうね。だからよけい悪く出てしまったのでしょう。――でも、これは、心の病なのですから、ハゾスさま。決して、ハゾスさまの思われるような、乱淫、乱行、あるいは性への耽溺といったものではないと思うのですよ。いいえ、まさにそのとおりなのでしょうが、その原因は、快楽をもとめ、快楽に溺れているわけではなく、いっそうおのれを傷つけることで、『助けて。助けて』といっておられる、かよわい、弱すぎる女人のこころなのだと思います。――ただ、誰も聞いて差し上げなかったのですね。お父様も――お姉さまも、ご夫君も、そして我々も。――いまになって、我々は、その罰を受けているのだと思います。無関心と、そして無理解との罰を」

「……」

ハゾスは考えこんでしまった。

ロベルトの口にすることは、ハゾスにはあまりに目新しい考え方であったので、理解できたとはとうてい云えなかったのだ。その、ハゾスの不賛成の沈黙を、ロベルトはやわらかに受け止めて、またちょっと悲しげな微笑をもらした。

「そう、でも、ひとたび想像妊娠だとグイン陛下に申し上げてしまったからには、ハゾスさまはもう、それは嘘で、本当はこれこれこういうご乱行の結果でこのようになられました、とグイン陛下に申されることはお出来にはなりますまい。でも、これはロベルトの考えにすぎませんが、本当は、グイン陛下は、シルヴィアさまが本当はどうなっておられたのか、もっとも早くに、真実をすべて知られるべき権利と義務をお持ちだったのですよ。――それに、私は、思いません。グイン陛下がどのようなかたであるかは、私は知っていると思っています。私は思いません。グイン陛下が、シルヴィアさまのそのむざんな行状に、最初はどんなに大きな衝撃を受けられても、最終的にそれを受け止めることがお出来にならぬとは私は思いませんし、また、それだけの器をおもちのかただと思うし――それをすべて受け止められてはじめて、シルヴィアさまは救われるのだと思いますし。私がハゾスさまなら、その理由も、シルヴィアさまの一番むざんなありさまをすべてグイン陛下に見ていただき、その激情もすべてグイン陛下に向けていただいたと思います。当然、陛下は傷つかれ、動転され、しばらくは半病人にもなられるでしょうが、あのかたならば、必ずそれを乗り越えて、その偉大な精神のお力でシルヴィアさまを救って下さったと思う。でも、もう、しかたありませんね。いまから、それは嘘でした、と申し上げたら、かえって陛下を傷つけることにもなりますし――それは、陛下には、その事態を受け止めるだけの力がないとハゾス閣下が思われたことになりますし……それに、その子供さんにせよ――事実上、もう、存在しないことにされてしまったわけですから」

「ロベルト……」

なんとなく、衝撃を受けて、ハゾスは、息をのんでいた。おのれが、ひどくゆさぶられているのはわかったが、といって、おのれの入り込んでいる袋小路から、ほかの出ようがあるとは、いまだに思えなかった。

「そのお子については、わたくしがお引き受けしたわけですから、それは、ただいまお答えしたとおりに、ローデスの山番か、開拓民の善良な夫婦にでも養子にあたえて、まともで勤勉な一生を送れるようにつとめてやりましょう。その子についてはわたくしもそれが一番いいと思います。あまりにも不幸な育ちをしておりますし、この上に、変にサイロンですれからしに育ったりしようものなら、どんなことになるかわかったものではありません。確かに、その出生の秘密は、悪党に付け入られればケイロニウス皇帝家をゆるがすだけの衝撃を持っておりますし。——それに、ハゾスさまが、グイン陛下の受ける衝撃を案じられたことは、わたくしには、よくわかります。わたくしとても、いまのお話を——アキレウス陛下に申し上げる気には、とうていなれませんから」

「そうでしょう？　ロベルト」

ややほっとして、ハゾスは云った。そして、しばらくおのれが息をつめていたことに気付いて、ほっと息を吐き出した。

「ええ。まあ、アキレウス陛下はご高齢であるとか、いま現在、ご病気で心がとても弱っておられる、といった条件もあることですしね。それになんといっても、グイン陛下にとっては御自分自身の問題ですから——でも、ハゾス侯のお気持はわかります。ですから、おそらく、ハゾスさまが処理なさるからにはこれしかなかったのだろうとは思います。でも、これで——おそらく、シルヴィアさま、という女人の一生は、そのひきかえに、もうなかなか救われることはなくなってしまったのでしょうけれどもね」

「それはしかし……」

思わず、自業自得だ、と云いたい気持を、ハゾスはこらえた。

ロベルトはまた、悲しげに微笑した。ロベルトには、ハゾスが口に出さないでこらえることばもすべて、口に出されたのと同様にわかってしまうようであった。

「われわれがみな、強く、高潔に、完璧に作られているのであったら、そのお考えは正しいのですよ、ハゾス・アンタイオス。――でも、そうではないから……人間というものは、弱くて、不完全で、そして病んだり心の闇をかかえたりしているから、この世の中というものは、さまざまな悲劇も悲喜劇も――ときにはとてつもない醜い事件も起きてしまうのだと思うのです。本当は、一番いけないのは、体面だの、世間体だの――これまでの慣例だの、王族や皇族、選帝侯の面子だの誇りだの……といったものなのですけれどもね。ひとの心というものは、そんなものを貫いてしまうのですから……でも、せめて、ハゾスさまにお願いしたいのですが」

「何だろう……」

「グイン陛下に、もういったん、想像妊娠と云われてしまったからには、それで押し通したほうがいいと思います、その坊やもローデスでお引き受けすることに決まったからにはですね。でも、どうか、シルヴィアさまをグイン陛下に会わせてさしあげていただけませんか。――たぶん、その結果はむざんなもので、どちらもとても苦しまれるだろうと思います。でも、それをもしも、きれいごとで避けていたら、おそらく――傷つくのはシルヴィアさまだけではなく、ハヅスさまが、それによって守ろうとなさっているグイン陛下もやっぱり深く傷つかれるのですよ。……というより、もう、こうなったからには、グイン陛下も、シルヴィアさまも、そしておそらくは名宰相でおられるから、みんな傷つかぬわけにはゆかない、と思うのです。——ハヅスさまは名宰相でおられるから、なんとかして、グイン陛下も、アキレウス陛下も、そしてケイロニアをも、傷つけないですまそうとされる。その結果、シルヴィアさまが傷つくのは自業自得ではないかと思われる。——でも、グイン陛下はシルヴィアさまを愛しておられるのですから、どのようになっても結局陛下も傷つかれますよ。——でも陛下は強いおかたですから、傷ついてもかならずまたそれをかてとして大きくなられます。われわれには、それを——陛下が傷つくことで大きくなられることをとどめてしまう権利はない、と私は思うのです」

「ロベルト……」

「ハヅスさまは、とてもグイン陛下を崇拝しておられるのですね。だからこそ、そうして、守ってさしあげようとされる。——でも、グイン陛下がシルヴィアさまを愛しておられるかぎりは、いずれにせよ、本当のシルヴィアさまに直面されぬわけにはまいりますまい。——真実に直面するのはつねにもっとも恐しいことですが、もっとも優しいことでもあるのだと思います。これは、わたくしとしたことが、妙に、説教がましいことを申し上げてしまいました。しかも宰相ハヅス侯ともあろうおかたに。お許し下さい」

「い、いや……」

「もちろん、私は決して秘密をもらすことはいたしません。どこの、どのような一家にその子供を預けたかも、ハゾスさまには御報告いたさぬことにします。むしろ、その子供の一生のためにですね。——サイロンとは、いっさいかかわりをもたぬほうが、その子のためでしょう。おお、でも……」

「……？」

「そのくらいは、申し上げておいてもいいかな。その子の名前を、ふと、考えつきましたよ」

「おお」

ハゾスはうめくように云った。

「どのような？」

「聞いて、そして、お忘れになったらよろしいかと思います。——ハゾスさまは、小イグレック、とお呼びになった。誰にも望まれぬ罪の子だといわれた。——そのふびんな生まれを、なんとかして明るい光にかえられたらいい……そう思いまして。その子には、『シリウス』という名前をつけてやりたいと思います。ご存じかもしれませんが、シレノスとバルバス・サーガの中に出てくる、闇と光とが結婚して生まれた魔物の名です。——闇の妖魅と、光の女神との結婚から生まれ落ちて、片目は闇、片目は光を持っていたその子は、やがてシレノスとバルバスという二人の冒険児に出会い、おのれのなかの闇と光の相剋を経て、ついに光の神として昇天してゆくことになります。——そのふびんな、幸うすい赤ん坊に、神話のシリウスと同じ、苦難をよろこびにかえ、闇を光が駆逐し——そしてついには、光があまねく勝利を得る運命が待っていますように。そう願って、私は、その子にその名を贈ってやりたいと思ったのです」

3

サイロンは、だが、なにごともなかったかのように相変わらずにぎやかで平和であった。そのことを思うと、ハゾスはなんとなく、めまいのようなものにとらえられざるを得なかった。

薄倖な赤ん坊——ローデス侯ロベルトが「シリウス」と命名した、片目がうす青、片目が黒の醜い赤児は、ロベルトの約束どおり、ハゾスの公邸の裏口にひそかにつけられた馬車に移され、そしてロベルトの腹心の家臣に託されて、誰にも知られることなくはるかなローデスへと旅立っていった。

「生まれたばかりの赤児にとっては——まして早産なのですから、とても苛酷な旅になると思います」

ロベルトは、ハゾスにその報告にきて、そう告げたのだった。

「もしかしたら、赤児にはとうてい耐えられず、途中ではかなくいのちをおとすようなことになってしまうこともないとは云えません。——まして、ローデスは、サイロンよりもずいぶんと気候の寒い地方ですしね。……でも、いずれにせよ、シリウス坊やがどうなろうと、これを最後にもうハゾスさまには一切御報告は申し上げません。ハゾスさまも、どうぞ、お聞き下さいませんように。——坊やがいのちを落としても、生き延びて幸せになっても——無事成人しても、わたくしはお引き受けした責任上、里親からその報告は受けておきますが、一切ハゾスさまにはお知らせいたしません。それゆえ、ハゾスさまは、この子に関するかぎりは、もう死んだものとお考えになっていただいて結構です。——というより、やはりその赤ん坊というのはシルヴィアさまの想像妊娠だったのだ、ということになさっておいて下さい。私はたまたま、サイロンの下町で、不幸な子供を拾いましたので、シリウスと名をつけて、私が面倒をみてやることにいたしました。それは、ハゾスさまのお屋敷から頂戴してきたわけではございませんから」

「すまない、ロベルト」

ハゾスは感動して、ロベルトの華奢な冷たい手を握り締めた。

「あなたには、非常に大きな、返しがたい恩義を負ってしまった。——いずれ、なんらかのかたちで、お礼をしなくてはなりませんね」

「お礼など、一切御無用になさって下さい。そうでなくとも、わたくしは何もしておりません。私はハゾスさまとはかかわりなく、下町で赤ん坊を拾っただけのことです。ハゾスさまはわたくしには何の恩義も受けておられませんよ。そうでなくては、不自然です。それにもともと、それも、ハゾスさま本来のお仕事でもありはしませんし」

「大帝陛下が、どうしてあなたをかたときもはなそうとされず、ローデスに戻ることさえお許しにならぬのか、ますますよくわかったような気がする」

ハゾスはまた感心して云った。

「同時に、やはり、本当は、あなたのようなかたこそ、ケイロニア宰相をつとめて下さっていたらよかったのだなあ、と思いますよ。——本当に、こんどのことでは、私は自分のいたらなさを思い知らされた心地だ」

「そんなことはありません。私には、ハゾスさまのように、きびきびとものごとを運んだり決断することなどまったく出来ません。——ただ、ひとつだけ、お願いがあるのですが、ハゾス侯」

「何だろう。なんなりと」

「シルヴィアさまを、いたずらにお責めになることだけは、やめてあげて頂けませんか。——それはおそらく、シルヴィアさまをさらに追い込み、追いつめて、しなくてもいいようなもっと自分自身に対してむごい仕打ちにかりたててしまいますよ」

そういった、ロベルトの顔が、ひどく悲しそうで、そして深い洞察をたたえて沈んでいたことを、ハゾスは、のちのちまで、何度も思い出すことになった。

「シルヴィアさまのようなかたは、淫乱なのではありません。一応、性的な快感を求めてそのように行動するのだと、御自分でも思い、それゆえまわりのものたちも淫乱だ、淫奔だ、色情狂だと思われるでしょうけれども、本当は、シルヴィアさまが求めていらっしゃるのは性的な快感などではまったくなく、ただひたすら、《愛》なのですよ。——私ごときが、そのようなことをお説教がましく申すのもはばかりでございますが、どういうものか、私には、シルヴィアさまのお気持がよくわかってならぬ思いがするのです。——責めれば責めるほど、シルヴィアさまはいっそう傷つき、どこにも御自分の味方はいないのだと思われて、おそらくもっと御自分を傷つけ、いためつけるような行為に走られますよ。——閉じこめて、サイロンへ男探しになど出られぬように監禁されたら、こんどは御自分を御自分の手で傷つけるようなことをはじめられるような気がします。……そうして、最悪の結果は、おそらく御自分でたえかねていのちを絶ってしまわれることにもなりかねない。——そうなれば、グイン陛下はむろんのこと、大帝陛下も深く傷つかれるでしょう。——何もかも、シルヴィアさまにとっては不運でもあれば、誰一人としてわかって差し上げるものもいなかったのだ、という意味で、酷いなりゆきでもあったと思いますが、ともあれ、シルヴィアさまには——優しくしてあげて下さい、と申し上げるのは、ハゾスさまには意味がない、というか御無理でしょうけれども、せめて、頭ごなしに責めたてるのだけは、少しだけやめてさしあげて下さい。——本当は、ご夫婦のことは、ご夫婦のあいだにまかせてしまうのが一番いいのですけれどもねえ。

――ケイロニア王ご夫妻ともなれば、そういうわけにも参りますまい。ふびんなことですねえ」

ロベルトはそれだけ言い残すと、また小姓に手をひかれて、しずしずとハゾスの執務室から帰っていったが、そのことばのはしばし、というよりも、ロベルトのことばにこめられた深い悲しみの響きのようなものが、妙にいつまでもハゾスの胸に残っていた。

その、ロベルトのことばのせいだったのだろう。手があくとまたただちに、シルヴィアとパリスと、そして女官のクララの審問を再開するという、イヤな気の進まない仕事が残っていたが、ハゾスは、なんとなく、その前ほどに激昂を感じなくなっていた。といって、むろん、シルヴィアのしたことへの嫌悪を感じなくなっていたわけではないし、それを黙認するのみか、手引きまでした側近たちへの憎しみのほうは、むしろかえってつのっていたのだが。

(ああ、イヤだ。イヤな仕事だな――いっそ早くすべてを終わらせてしまって、いつもの業務に戻りたくてたまらん)

ハゾスはまた、塔に近づいてゆくにつれてずしんと鉛のかたまりのようなものが腹の底に溜まってゆくのを感じながら、ロベルトのことばを胸のなかで反芻してみていた。

(どうぞ、グイン陛下とシルヴィアさまを、会わせてさしあげて下さい。ご夫婦なのですから……)

ロベルトはそう云ったのだ。

そのことばは強くハゾスの心に残っていたが、ハゾスはまだ、なんとなくためらっていた。グインがどんなにか傷つくだろう。それを考えると、おそらくグインの顔を見るなりまたさんざんに罵ったり、おのれがサイロンの下町でした醜行をぶちまけてグインの反応を見たりしようとするであろうシルヴィアを、どうやって大人しくさせておいたらいいのか、と考えざるを得ないのだ。

（俺でさえ——吐き気をもよおすようないまわしい話だったのだ。まして、当の良人の身になったら……）

（いっそ、カストールどのに頼んで、何かシルヴィアが眠り続けているか、頭がぼうっとしてしまって、何もまともにしゃべれなくなるような薬を処方してもらうことにするか。——そうしたら、少しは陛下も……）

（いや、だが——いっときはその場しのぎですんでも、いつまでもそのままにしておけるものではないだろうし……）

すぐにシルヴィアの顔を見る気持にはとうていなれなかったので、ハゾスは、牢舎の塔までくると、まず、女官のクララの糾明にまわることにした。それが一番簡単そうに思われたのだ。

この日も、昼間は謁見もあれば公務もあり、またいよいよ外国使節たちを招いての大宴会が明日に迫っていたので、その準備の点検などもあり、とうていそれらの多忙な時間を割いてこんな重苦しい《仕事》を優先する気持にはなれなかったので、ハゾスが秘書のマックスをともなって、地下牢に降りていったのは、また夜が遅くなってからであった。

（陛下は、今夜は、アキレウス陛下、オクタヴィア殿下ご一家とお食事の御予定だったな。——くそ、本当に、グイン陛下がオクタヴィア殿下と一緒になって下さるお気持さえあるのだったら、それですべては落着だったのにな。かえって、シルヴィア皇女がこのような不始末をしでかして、離婚やむなし、ということになってくれれば、それで万事めでたしめでたしであったのに）

（おかしなものだな。俺には、オクタヴィアさまなら何ひとつ申し分のない、グイン陛下の王妃になられるだろうと思えるし——それに、美しいという点だって、シルヴィア皇女とでは、比べ物にも何にもならぬと思われるのだが。——なんで、あんなぶさいくな……いやいやいや。だが、『自分の助けを必要としていない』か……あまりにおのれが力のおありになる、グイン陛下のようなかたというのは、そういうふうに感じられるものなのかな）

（考えてみるとおかしなことだ。俺からみると、理想の女性そのものに思われるリンダ女王だが、マリウス《殿下》はリンダ女王と結婚するのをイヤがっているのだったな。

――男女の仲というのは、なかなかに、朴念仁のケイロニア人の俺などでは理解出来ぬような、なにごとかがあるものなんだろうか。――リンダ女王をめとれる、と聞いて喜ばない男がいるなど、俺には想像もつかないのだが……）

そう思うハゾスは、結婚前には、最愛の妻のネリアとは、ほとんど顔をあわせたことも、二人きりで話をしたことさえもなかったものだ。

親どうしの話し合いで、アトキア侯ギランと、ハゾスの父、先代ランゴバルド侯とのあいだでギランの長女ネリア姫をハゾスの妻に、という取り決めがなされ、それを伝えられたときも、まだ少年といってよかったハゾスは元気よく「かしこまりました。父上のご配慮に深く感謝いたします」と答えただけだったものだ。ネリアというのは、何回かは宮中舞踏会で会ったことはあったと思うが、いったい、どのむすめだったかな、と思ったのは、自室に帰ってからだった。

だが、そのあとの婚約期間で、何回か食事をしたり、二人で話をしたりして、ハゾスはネリアのつつましやかでいかにもケイロニアの貴婦人らしい上品で聡明な態度にも深く満足したし、その容姿にも満足だった。最初は、「もしも、妻になる女性が、アトキア侯そっくりだったらどうしよう！」という、あまりひとに口外できたものではない悩みもありはしたのだが。

幸いなことにネリアは充分に美人で、父であるアトキア侯ギランにはまったく似ても似つかなかった。妹のほう——いまはダナエ侯ライオスの新妻になっている少し年の離れたサルビア姫のほうは、気の毒なことに、どちらかといえば美しい母親よりも、父親似であって、ハゾスはひそかに(姉のほうで助かったな)と、あまりこれまたひとには云えぬことを思ったものだ。

しかし、ネリアは美人だと思っているし、夫婦仲は模範的によい。「もらいあてた」とハゾスも思っていて、妻をとても大切にしている。政略結婚で親どうし、家どうしが決めた結婚であったことなど、なんとも思っていなかった。選帝侯なら誰もがそうであるのが当り前で、むしろ恋愛結婚など、想像すべくもない、と思って育ってきたからだ。もしも家中の身分の低い侍女とでも恋をしてしまったとしたら、両親からは「身分違いなのだから、まずはしかるべき家の姫君と身をかためてから、そのような女はサイロンづかえの妾にでもしなさい」とすすめられたことだろう。そのことにも、ハゾスは疑いなど持ったことはない。

(だが、グイン陛下は……本当に、シルヴィア皇女を愛しておられるようだ——厄介なことだな。本当に、ひとというのは、ひとの心というのは、ロベルトではないが、ままならぬ。——容姿といい気性といい性格といい能力といい、何ひとつ、あの英雄にそぐわぬちっぽけでだらしのない、見た目もぱっとせぬ女性だというのにな……)

地下牢に降りてゆく前に、ハゾスは塔の一階に、シルヴィアにつきそっていたカストールの助手を呼びおろし、皇女の容態をきいた。

「まだ、こんこんと眠っておられます。――よほど弱っておられたとみえまして、ご出産以来、ただひたすらこんこんと眠り、ときたま目をさまして、飲み物を欲しがられるので、また少し鎮静剤を混入した栄養のある飲み物を飲ませますと、それを飲んで、またこんこんと眠ってしまわれるばかりで」

「そうか」

「しかし、それがききめがあったと見えて、だいぶん脈も安定してまいりましたし、お顔色もかなりよくなって参りました」

「そうか。ではまた頼む。あとでそちらに顔を出すゆえな。カストール博士は」

「患者の容態が安定しておりますので、いったん治療所に戻りましたが、ハヅス閣下がおいでになったら、折り入ってお話ししたいことがあるといっておりましたので、ただいまから、小者を走らせて迎えにゆかせます」

「そうか、わかった」

ハヅスはうなづいて、そのまま、地下牢へ降りてゆく階段に入っていった。

階段を下りきってしまうともう、そこは塔の上のほうとさえ比べられぬ、例の如く重苦しくどんよりとただれたような空気が漂っている。何度きても、この空気には馴染めぬ――と思いながら、ハヅスはまず、クララを幽閉してある地下牢におもむいた。

「囚人は大人しくしているか？」

「これは、ハゾス閣下。――はい。しばらくのあいだはひっきりなしに泣いたり、ぐちをいったりしておりましたが、それも疲れたのでございましょう、今日の夕方あたりからはおとなしくぼんやりしております。食事は差し入れればみな食べますし、何も暴れたりするようすはございませぬ」

地下牢にはもともと牢番がいるが、ハゾスは秘密を守るために、おのれの親衛隊の騎士たちをかわりに地下牢の護衛にたてていた。牢番たちは審問には一切立ち合わせぬつもりだ。もっとも、拷問となれば、やはり専門家であるそれらのものに頼むしかないだろう。

「クララ。これ、クララ」

重たい鉄の扉の重たいカギをあけさせ、中に入ってゆくと、石造りの暗い地下牢のなかで、隅にしかれた敷きワラの上に、鉄の寝台と、ワラで作った粗末な布団一枚をおいて、その上にしょんぼりと横たわっていた女官のクララはよろめくようにして身をおこした。

「宰相様！」

呻くように、両手をあわせて、クララは叫んだ。

「ああ、宰相様。お許し下さい。深く後悔いたしております。わたくしがすべて悪うございました。なんでも懺悔いたしますから――なんでも、申し上げますから、どうかお許し下さい。どうか、死刑だけはお許し下さい。わたくしは――わたくしは死刑になるのでしょうか？」

「そんなことはお前は知らんでもよい」

ハゾスは秀麗な眉をひそめながら云った。

「なんでも懺悔するというのなら、ありていに申せ。今日聞きたいのは、あのパリスとかいう男のことだ」

「はい。はい、なんでも、なんでも申し上げます」

クララは両手をもみしぼった。こちらは、シルヴィアほどお手柔らかに扱ってもらえなかったので、あの恐しい室にいたときより、ほんのちょっとましな獄衣を着せられ、髪の毛は苦悶のあまりかきむしったのかぼさぼさで、苦悩にやつれはてているところは、とうてい、栄華を誇るケイロニアの王妃づきの女官、などという、高い身分の貴婦人とも見えなかった。

「では申せ。――マックス、筆記しておけ」

「はい、閣下」

「あのパリスという男は、何歳だ。いつから、シルヴィア皇女づきの下男をつとめている」

「ね、年齢などは、わたくしは存じません。おそらくもうそろそろ三十すぎになるのではないかと存じますが……聞いたこともございません。直接話をしたこともほとんどありません。わたくしどもは、女官たちはみんなあの男を、うすのろと呼んでばかにしておりました。ほとんど口もまともに聞きませんし、牛のように頑強で、ものわかりも悪いし、うまや番と御者くらいしかさせられない、と……王妃宮の表向きにお仕えしているのはほとんど全員女性でございますけれども、実際には力仕事や汚い仕事、また警備などもございますから、当然男手もずいぶん必要でございます。そういう男たちはみな裏方におりまして、わたくしども、表向きの、しかも直接王妃さまにお仕えする女官たちなどとはほとんど接触がないようにされております。——でも、あのパリスというのは、とても長いこと、シルヴィアさまにお仕えしておりまして、シルヴィアさまのお気に入りの御者でございますので誰もが知っておりました。わたくしも——その、その程度にしか存じません」

　クララは、なんとかして、罪一等を逃れたい一心なのだろう。べらべらとよく喋った。ハゾスには、かえってそのうわずったようなお喋りがいとわしかった。

「何歳かは調べればわかるしどうでもよいが——では、シルヴィア皇女が何歳くらいのときから、あの男は御者をつとめていたのだ」

「それはもう、十四、五歳のときからおそばにあがっていたかと存じます。通常でございますと、ああいう下男のような男は、それこそ表向きにはとても出さないのでございますが、あの男は見かけによらず剣がたちますので、シルヴィアさまがお気に召して、大勢の護衛など連れて歩くのは面倒くさいから、パリスだけでよい、あれなら御者も出来るし、剣もたつから護衛もつとまるから、とおおせになりますので、いろいろなお忍びの外歩きのおりに、よくお連れになっておられました」

「十四、五歳のときからもう、おそばに仕えていたというのか」

「さようでございます。シルヴィアさまはとてもとてもお気難しくていらっしゃいますので、お気に召さないことがあれば、すぐに女官でも御者でも癇癪をおこして取り替えてしまわれます。それでも、奇態にあのパリスだけは、シルヴィアさまの逆鱗に触れぬとみえ、何かあるといつもシルヴィアさまは、御者はパリスでね、とおおせになりました。――パリスが無口というより、ほとんど口をきかぬのが、お気に召していられたのではないかと思います。また、わたくしどものあいだでは、パリスはおそらくシルヴィアさまにそのう、思いをよせているのだという評判になっておりました。――失礼ながら、シルヴィアさまは、そんなに従者たちに人気のおありになるというほうではなかったので、酔狂な、といって女官たちはひそかに笑い者にしておりましたが、一方では、パリスが出て参ればシルヴィアさまが御機嫌よくおなりになりますので、女官たちも重宝に思っておりました」

「ということはシルヴィア皇女もパリスを憎からず思っていた、ということか」

　まずいものでも食べたような顔になりながら、ハゾスは詰問した。

「ありていに申せ。言葉など、飾る必要はない。シルヴィア皇女は、いったいいつごろから、パリスに身を許していたのだ。身を許していたのだろう。——いつごろから、関係があったのだ。お前ならば、知っていよう」

「ああ、どうか、どうかお許し下さい」

　クララは弱々しく哀願した。

「一番最初に、いつシルヴィアさまがパリスをご寝所に引き入れられたのか、なんていうことは、あたしはなんにも存じません。あたくしとても、そんなに大昔からシルヴィアさまの特別のお気に入りだったというわけではないのです。——最初はごくふつうの侍女のひとりでしかありませんでした。ですからもちろん、そのころは、シルヴィアさまが御寝所でどうしておられたかなんていうことはまるきりわかりません。でも、シルヴィアさまがあの——あのおそろしいキタイへの誘拐事件がある前には、そんなみだらなことはなかったのは確かです。それまでは——ああ、あのバルドゥール子爵の求婚だの、いろいろなことがございましたが、あのころは、わたくしはべつだんお気に入りでもなんでもございませんでしたが、女官どうしのうわさ話でも、シルヴィアさまは、べつだんそんなみだらなおこないなど、されてはおられなかったと思います。——バルドゥールに手ごめにされかけたと、ものすごく怒っておられたことがございましたし、それをパリスが助けてくれた、といってパリスに褒美をやられたこともございました。でもあのころは確かにシルヴィアさまは、生娘でおられました」

「それがいつからこんな――」

　思わずまた、ハゾスはにがいものをのみこんだ。

「いつからこんなふうになったのだ。――あのダンス教師、いまわしいキタイの間者の手にのせられ、キタイに拉致され――それをグイン陛下が単身取り返しておいでになり――そのあとはグイン陛下、そのころは陛下ではおありにならなんだが、グイン将軍との恋愛で夢中だったのではないのか。そのころからもう、シルヴィア皇女は乱淫を繰り返しているような女性だったのか」

「そんなことは、決してそんなことはございません」

　クララは憐れみをこうように両手をさしあげた。

「あのときは本当に……ああ、でも、シルヴィアさまはいったん、ゆきずりの吟遊詩人にちょっと恋をなさいました。でも恋というよりも、あれはおそらくあてつけとか……自分だって、恋くらいするのだという……少女のそういう乙女らしいお気持だったのだと思います。そのころからちょくちょく、パリスにお供させてサイロンにお忍びで遊びにゆかれることを覚えてはおいでになりましたけれど、まだ決してお酒もそんな飲まれませんし、ましてや淫らなことなどなさいませんでした。それは確かでございます。——そのあと、どういうわけか、わたくしはシルヴィアさまに、妙に気にいられてしまいまして」

クララは、それがすべての災難のはじまりだった、といいたげに手をもみしぼった。

「それでずいぶんと、シルヴィアさまの打ち明け話を伺うことになりました。確かに、シルヴィアさまは、その後すぐに、グイン将軍に恋をなさいました……グイン将軍のことばかり話しておられましたが、でもグイン将軍が、お母様を告発する立て役者になられた、お母様の死の原因を作ったということで、いっときはとても憎んでさえおられました。でもそのあとで、グイン将軍が御自分を愛していると告白したけれど、本当だろうか、と有頂天になっておられ……そこにでも、あのユリウスさえあらわれなければよかったのに……」

「そんなくりごとを聞いているのではない」

手厳しくハゾスは決めつけた。

「とっとと肝心かなめのことを申せ。いったい、いつごろから、皇女はパリスを、こともあろうに一介の御者をおのれの臥床に引き入れたのだ。お前が手引きしたのだろう。知っているはずだ。ありていに申せ。それとも鞭が欲しいのか。クララ」

4

「申します。なんでも申し上げます」

哀れな女官はハゾスが鞭など出そうとさえせぬうちから、もう実際に激しく鞭打たれたかのように悲鳴をあげた。

「なんでも、知っているかぎりのことはすべて申し上げます。ですから打たないで下さい、どうか、打たないでくださいませ！　あたしの知っている限りでは、シルヴィアさまが、最初にパリスを御寝所にお呼びになったのは、グイン陛下がパロにゆかれて、ひと月ばかりたったときのことだったと覚えております。それまでは、シルヴィアさまは、何も御乱行などなされず、じっと陛下のお帰りを待っておられました。それは本当です。しばらくのあいだは、シルヴィアさまはとてもすねてもおられたし、寂しがってもおられたし、それをおなだめし、お慰めするのにはもっぱらクララ、クララとあたしを呼んで下さったので、あたしは大変でしたが、それだけに、はっきりと申し上げることができます。それまでは、シルヴィアさまは、何もそんな、御乱行なんていうことはなさろうというおつもりはなかったんです！」

「シルヴィア殿下は奇妙なことをいっておられた」

ハゾスは苦虫を嚙みつぶしたような顔で云った。

「ある夜、グイン陛下が夢のなかにあらわれて自分を切り捨てた。それでグイン陛下の本当のお気持がわかったから、もうそのあとは、やりたい放題をしてあてつけてやったのだと。あの夢というのは何のことだ。お前も覚えているのか、女官」

「もともと、シルヴィアさまは、グイン陛下に遠征にゆかないでくれと――まだ新婚なのに、自分を置いていってしまわないでくれとさんざん駄々をこねておられたのです」

クララは両手をねじりあわせながら云った。

「まだはっきり覚えております。そのときもわたくしがおそばづきにおりましたので――陛下が遠征に出るためのお別れを告げにおいでになったとき、シルヴィアさまは、泣き叫び、いってはイヤだとすがりつき――どうしてもいってしまうなら、『あたし、サイロンじゅうの男と寝てやるわよ！』といってグイン陛下を脅されたのです。それはもちろんただのおどしにすぎなかったのですが、そのとき、グイン陛下はぞっとしたように、とても冷たい目でシルヴィアさまを見られて、そのまま行ってしまわれました。そのあとシルヴィアさまは半日以上も泣き暮らして、『本当にそうしてやる』とずっと云い云いされていたのでございます。――でも、じっさいにそうなさる勇気はありませんでしたし、ましてや、黒曜宮のなかで貴族の男や、あるいは宮廷づとめのものたちにそんな誘いをかけようものなら、どんな評判がたつかということはさすがにおわかりになっていましたし……また、アキレウス陛下怖さに、またグイン陛下をもみんな敬愛しておりますから、誰ももし万一本当にシルヴィアさまがそうして誘いをかけられても云うことをきくものなどいないだろう、ということも、御自分で云っておられたのです。――それで、そのあいだは、たまにサイロンに、パリスの御する馬車で夜遊びにこっそり、お忍びで一度か二度おいでになったことはありましたが、それだけのことで――身分も名前もいつわってお酒を飲んでかなり酔っぱらって戻ってこられ、『ああ、やっぱりサイロンはいいわ。鬱陶しい宮中と違ってせいせいするわ』といっておられたくらいでした」

「それが、どういうきっかけで、本当の乱行をするようになってしまったのだ。その夢とかいう馬鹿げた話はどういうことなのだ」

「わかりません。わたくしにはほんとにわからないのです」

クララは見るもあわれな取り乱したようすで身をよじった。だが、ハゾスのあわれみを呼び覚ますにはとうてい到らなかった。

「シルヴィアさまは、その夜もごく普通におやすみだったのです。もともと、不眠症ぎみのかたで、寝付く前にはとても手をやかされます。もうおやすみになったとばかり思ってひきさがってこちらも休もうとしていると、突然大声をあげて呼びつけられて、お話のお相手だの、足をさすってさしあげたり——また本当に寝付かれるまで一ザン以上もお相手をしていなくてはならないときが多くて。それもほかの人ではイヤだ、クララでなくてはといって下さるのは嬉しいのですが、私は休むに休めませんから——朝ずっと寝坊しているわけにも参りませんから、よくわたくしは寝不足でひどいことになっておりました。そのときも、ああ、まただわと思ってうんざりしたのです。もうせっかくよくおやすみになったと思っていたのにと。そうしたら、でもなんだかごようすが違っていらして——ずっと狂ったように叫び続けてどうしてもとまらないのです。それでとうとういろいろな女官たちもびっくりして集まって参りましたが、そういうものたちには、ものを投げつけて『あっちへ行け！』と絶叫されるので、みんなこわごわと遠巻きにして見ているばかりでした。——わたくしだけが呼びつけられてお寝間に入りましたが、シルヴィアさまは部屋の隅で狂ったように泣いておられ、最初はまったく何がどうしたのかわかりませんでした。それから、シルヴィアさまはやっと少し落ち着いて、夢のなかでグイン陛下がお戻りになって、『そうして、あいつはあたしを斬り殺したのよ！　あたしはあいつに殺されたのだわ。あいつはあたしを裏切ったの。あたしもう一生二度とあいつのことを許さない。あの豹頭のばけものの本当の気持はもうよーくわかったわ。これからはあたしもう決してあいつのことを信じたりなんかしないわ！』と、そのように申されて……またさんざんにお泣きになりましたが、その翌日か、翌々日ではなかったでしょうか。パリスをお呼びになって……その、お寝間へ……」

「………」

ハゾスはおそろしくいやな顔をして眉をしかめた。むろん、ハゾスはその夢の話など、てんから信じていなかったばかりではなく、もし、よしんばそのような夢を本当に見たのであったとしても、そんな夢を言い訳にしてそのような醜行に飛び込む、という精神構造自体がとうてい理解しがたい、と言いたげであった。

「でも、最初のうちは、パリスのほうがずっとひるんでしりごみして、お断りしてしまって、シルヴィアさまの御機嫌を損じていたようです。シルヴィアさまは、パリスならば、御自分を以前から好いていたのだから、当然、御自分がお誘いになったら喜んでいうことをきくものと信じていらしたのだと思います——それが、いうことをきかぬものですから、癇癪をおこしてパリスにものを投げつけ、パリスの額にいまでも残っている傷をつけたりさえなさいました。パリスはでも、シルヴィアさまのなさることだと、どんなにひどいことでも、どんなにひどい面罵を受けても、どんな仕打ちをされても、それこそ足蹴にされても決してあらがわないのです。どうして、あんなにあんなかたに——あ、いえ、そういってはあれですけれど、あんなわがままなかたに、そんなに思い込んでしまったものか、あたしたちもまったく理解出来なくて、よくからかったものでしたが、パリスはいつだってひとこともあたしたちとは口さえ聞こうといたしませんでした。……それから……」

「………」

「それでパリスがまったく相手にしないものですから、怒って、たぶんパリスへのあてつけもあったのだと思います。シルヴィアさまはパリスに馬車を御させてサイロンの下町の、かなりいかがわしいあたりへお出ましになり、そうして、パリスを護衛にして、したいほうだいをされるようになったようです。——さいわいにして、あたしなどをお連れになることが面倒になると思われたのでしょう。あたしはお供をおおせつかったことはございません。またほかの女官たちもまったくそういうことはなく、ゆくときはいつもたったおひとりで、パリスだけを従者にしてゆかれました。護衛も、パリスのほかには女武者も誰もお連れにならなかったのですが、そのころまでにはもう、ちょっとでもたしなめたり、おいさめ申し上げるようなことを云えば、シルヴィアさまがひどいかんしゃくをおこして、いろいろ投げつけたりなさるので、あたしたちもはっきりいってさじを投げて、というか見限ってしまった状態で、シルヴィアさまのなさりたいようにさせておけば、という感じでした」

「不忠な。それが、正しい女官どものやることか。たとえどのようにご不興をかっても、それが間違った行動だと思ったら、命をかけてでもおいさめ申すべきではないのか」

「ハゾスさまは、シルヴィアさまのかんしゃくのすさまじさをご存じないのでございます」

クララはあわれな声をはりあげた。

「あのかたは、怒り出したらもうそれは手がつけられません。それこそメス虎のようにおなりになってしまわれます。——小柄で痩せておいでになって、力もないのですけれど、いざとなると、なんというのでしょうか。狂気の迫力というのでしょうか。みんな恐ろしがってそばによろうともいたしません。そうしてみんな、クララはお気に入りなのだから、シルヴィアさまをおなだめしてくれと、あたしにばかり押しつけようとするので、よくあたしは憤慨していたものです。でも事実、あたしを見分けられると、シルヴィアさまは多少落ち着かれることもあったので、いっそう、みんなは、あたしにまかせて遠巻きにしたり、手をひいてしまう、という感じで、癇癪をおこしているシルヴィアさまをひとりぼっちにおきざりにして逃げ出してしまうことが多くなりました。——そういうときには、シルヴィアさまは、たいてい、わたくしでなければパリスをお呼びになります。本当はパリスのようなしもじもの、しかも男の召使いは、シルヴィアさまのお居間だの、ましてお寝間近くには入ることも許されておらないのですけれど、もうシルヴィアさまに関するかぎりは、とにかく手のつけられない我儘者だから、放っておいて、触らぬ神にたたりなしだ、というような態度をとることが、王妃宮のなかでももうなかば通例になってしまっておりました。――あたしだけではございません。女官長も、執事も、誰もかれも、シルヴィアさまの癇癪にはあいそをつかしていたので、放っておけ、放っておけ、という感じだったのです。どうせそのうちにパリスかクララがおさめるだろうよ、という感じで――だから、あのかたのおそばに寄れるのはさいごには、本当にあたしかパリス、そのどちらかになってしまって、お食事でも、控えの間まで持ってきて、あたしに『ではよろしくね、クララ』というようなあんばいで、あたしは、これでは、どれだけ特別お手当を頂戴したって足りない、と思っていたものです。それでもあたしには、老いた母親がひとりおりまして、ほかには身寄りも、面倒をみるきょうだいもおりませんでしたから……あたしが女官長に文句をいうと、女官長は面倒に思ったのでしょう、いくらでもためらわずにあたしに特別のお手当を下さり、お給料もあげてくれましたので、正直の話あたしはそのお金めあてで、シルヴィアさまのお気に入り、という面倒な役目をいやいや引き受けておりました。本当は、あたしは、申し訳ないことながら、シルヴィアさまがどうしても好きになれませんでした……ああ、お許し下さい。だって、あのかたは、いつもいつも、そのお気に入りのはずのあたしにだって、いろんなものを投げつけたり、癇癪をおこして、怒鳴り飛ばしたりなさるのですから。それはたしかに、ハゾスさまのおっしゃるとおり、おいさめもしなくてはいけなかったかもしれませんが、あたしたちはただの女官です。……それに、とにかく、あんなひどい癇癪をおこされると、ふつうの女はひるんでしまいます。ときには本当にあいてが大怪我をなさるようなことまでなさいますから――熱湯の入った茶碗を頭から投げつけられたり、ほんとにひどいこともなさるのでございますから。……それでも、サイロンにお出かけになるようになったら、少し、胸がおさまったらしく、ずいぶんと日頃のかんしゃくはおさまってきたので、あたしたちは、むしろほっとしていました。だから、誰もなんにも云わなかったのです」

「そのサイロンへのお忍びとやらは、いったい何回くらい――何日にいっぺんくらい出かけていたのだ？」

「決して、そんなに多かったわけではないんでございます。多くても、十日にいっぺん、十二、三日にいっぺんというところで――ひと月に二、三回しかお出かけになってはいないと思います。でもそのたんびに本当にひどいぼろぼろの状態になってお戻りになるので、いったいどういうお遊びをしているんだかとあたしたちはひるんでおりました。でも、それで、いっぺんそういうことをなさるとしばらくはむしろ恐怖にとらわれておしまいのようで、『ああ、あたしがこんなことをしてるなんて、もし誰かに知られたらどうなるんだろう。あたしは破滅するんだわ。きっと今度こそ、ひそかにお母様と同じように毒殺されてしまう。お父様はあたしを憎んでおられるんだもの、今度こそもうあたしを許さない、あたしなんか見るのさえおぞましいと思われるに違いない』といってうち沈んでしまわれるのでございます。——そして、『お父様は、実の娘のあたしなんかより、あの豹頭のばけもののほうがずっと可愛いんだ。本当はあたしではなくて、ばけものが本当の息子だったらよかったとずっと思っておられるのをあたしは知ってるわ。ああ、あたしを欲しいと思ってくれるのなんて、あのいやらしい、卑しいサイロンの酔いどれどもだけなんだわ』とおっしゃって、食欲もなくなり、しばらくは本当に沈んでしまわれます。——でも、それからまたしばらくすると……そうでございますね、どうも、月のさわりの前というのが、ことにそういう疳の虫というのでしょうか、それがおきやすいみたいで……そうなってくると、もう、うずうずしてむずむずして、じっとしておられなくなるみたいであのう……あのう、御自分で、そのう、みだらなことをひとりで……あの、何と申し上げたらいいか……」

「もうわかった」

まさしく苦虫を嚙みつぶした顔で、ハゾスはさえぎった。

「もういい。云いたいことはわかったから、そのへんは飛ばせ」

「は、はい。それで、あの、しばらくひとりでその、何しておられるうちに、『もう我慢出来ない』とおっしゃって、『あたしには男が必要なんだ。でも誰もあたしを埋めてくれないから、あたしのほうから埋めてくれる男を探しにゆくんだわ』とおっしゃって、きれいに化粧して、サイロンの下町で買ってこられたみだらな衣裳を身にまとい、パリスを呼べとあたくしにおっしゃるのでございます。——そうして、パリスがいやいや馬車を出すと、またサイロンにゆかれて……」

「もういい」

また、ハゾスは呻くように云った。

「もうそれで充分だ。では、だが、そのあいだにパリスとも何回かは情を通じたということは事実なのだな」

「それは、あの——はい、事実でございます。パリスは、とても——本気でシルヴィアさまのおからだのことを心配していたみたいで、ほんとにどうしてそんなにあの男だけは思い込んで忠実だったのかわからないんでございますけれど、シルヴィアさまがあまりに無茶をなさるので、それくらいならと考えたのでございましょう。何回か、シルヴィアさまのお寝間から朝方出てくるのを見ましたし、夜、シルヴィアさまにお目通り願いたいといって、あたしに申し出てくることもありました。でも、何回かそういうことがあったあとで、シルヴィアさまは『もうパリスが来たいといっても通してはいけないよ。あいつに抱かれるのはなんだか気持がよくない。あんなふうにていねいにあつかわれたり、大事にされたりするのは、馴れていないからかもしれないけど気持が悪いわ。あたしもっと、そのへんのいやしい娼婦みたいに扱われないと、感じないの』とおっしゃっておられました。——それで、パリスも、だいぶん気にかけてはいたようでございましたが、とうとう、お寝間に入れてもらおうとするのを諦めてしまいました……」

「なんという話だ」

うめくようにハゾスは云った。そして、なんとなく、疲れはてた気持になったので、もう訊問をこれで打ち切るぞ、という合図に、マックスに手をふってみせた。

「もうよい。もうお前の知るほどのことはみな聞いたようだ。——ただ、ひとつだけ聞いておこう。パリスのほかに、黒曜宮のもの——家臣のものから、下男でも御者でもなんでもよいが、黒曜宮に仕えるものにシルヴィア皇女がつまり——寝間に誘ったことはあるか。お前の知る限りでよい、正確に答えろ」

「それは、ございません」

クララはおそれながらもはっきりと答えた。

「それだけはシルヴィアさまもたいそう、露見をおそれておいでになりましたので、そのようなことだけは、避けておいたほうが無難だと思っておられたようです。——それに、こんなことは、ハゾスさまはお耳になさるのもおいやでしょうけれども、シルヴィアさまは、そのう、身分が低くいやしくて、汚くてがさつで、見た目もごつくてむさくるしい男であるほどいいのだとおっしゃっておられました」

「……」

ハゾスはまたおそろしくまずいものでも口に入れたような顔になった。

「毛むくじゃらで、不作法で、酒くさい、材木かつぎだの、土運びだの、しもじもの、身分卑しい男でないとまったく感じないのだと――綺麗な男は絶対いや、とよくそういっておられました。『まして、あたしより綺麗な男なんてあたしもう絶対イヤだわ、二度といやだわ。あたしは昔子供だったから、ユリウスのことが、とても綺麗だと思ってそれでいっぺんに惚れてしまって、さんざんにだまされたものよ、だからあたしはもう二度と綺麗な男なんかまっぴらごめんだわ。綺麗な顔だの栗色の巻毛だの……優しい声だの、美男子だの、そんなものは男だなんて思わないわ。男はたくましくてむさ苦しくてがさつで、そうしてあれがすごく強いのでなくては、男とはいえないわ。出来れば大きければ大きいほどいいの――あれがよ。くさくて汚れていて、けだものみたいな、それですごくアレが大きな男たちに、二人がかりだの、三人がかりだのでやられるのが一番刺激的だわ。そうするとあたしぼうっとして何もかも、どんな辛いこともそのときだけは忘れてしまえるんですもの。いやだ、クララ、なんて顔をしてあたしのことを見てるのよ！　あたしを気の毒だとか、気が触れているなんて思わないでね！　ああ、でも、きっと気はとっくに触れてしまってるんだわ、あたし。でもいいじゃないの。どうせ、あたしは、夫に斬り殺された女よ。ここにいるあたしはもうただの幽霊なのよ。幽霊が何をしようと、どうなったって、もうあたしはちょっともかまいやしないんだから！』――シルヴィアさまは、よくそういっておられました……」

「もう、いい。もういいと云っているだろう」

ハゾスはたまりかねたように叫んだ。そして、やにわに立ち上がった。

「もういい、マックス、この女についてはもう充分すぎるほどに調べはすんだ。このまま この牢に入れて、おって沙汰があるまで大人しくさせておけ。正式の裁判になど引き出せたものではないからな——どのように処理するか、それもいずれこちらで決めなくてはならんが、いまはもういい。行くぞ。ついてこい」

「はい。ハゾス閣下」

マックスは忠実に、クララのことばを分厚い手帳にせっせと書き取っていたが、それをふところにしまいこんで立ち上がった。

クララはくずおれていた椅子から血相かえて飛び上がろうとしたが、ひどくからだが弱っていたので、そのままよろよろと椅子に崩れこんでしまった。

「あたしは、どうなるんでございますか」

クララは必死の形相ものすごく叫んだ。いまここで、ハゾスが出ていってしまったら、このまま自分は永久にこの地下牢に放り込まれたまま、忘れられてしまうのではないか、という恐怖にとらえられてしまったように見えた。

「あたしが何をしたとおっしゃるんです。あたしはただ、シルヴィアさまに命じられるままに、女官のおつとめを、おそばづかえの女官としての当然のおつとめを果たしていただけなんです。何も——あたしは何ひとつ法にふれるようなことなんか、いたしてはおりません。どうか、もう、お許し下さい。あたしはあそこで見聞きしたことについては何にも決してしゃべりません。黒曜宮のおつとめももうさがらせていただいて、年老いた母の面倒をみに田舎に戻りたいと思っております。どちらにしてももう、そろそろそうしたいととても思っておりました。——どうか、あたしを自由にして下さい。どうか、あたしを罰さないで下さいませ——お願いです。あたしは何にもしていないんです。あたしは何にも知らないんです。あたしは何にも悪いことをしてやしません。あたしは何も——あたしは……」

「やかましい。この外道な女郎め」

ハゾスはかっとなって、珍しく感情をあらわに、取りすがろうと弱々しくさしのべられたクララの手を、嫌悪にみちて乱暴に払いのけた。

「お前が何もしておらぬだと。どの口でそのようなあつかましいことが云えたものだ。お前がもうちょっと、しっかりとおのれのなすべきつとめをはたし、皇女にそんな乱行を許していなければ、こんなはめにはならずにすんだのだ。おつとめをさがって田舎に戻るだと。そのような甘ちょろいことですむと思うか。いずれにせよ、極刑はまぬかれぬと思えよ。おのれのしたことの意味がわからぬなら、この地下牢でとくと考えてみるがいい。お前は、こともあろうにケイロニア王グイン陛下の王妃が、いやしいサイロンのけがらわしいしもじもの男どもに娼婦のように身をまかせに夜な夜な忍び出るのを見逃したばかりか、それをずっと知っていながら、なんら手をうとうとさえせずにその片棒をかついで、ついにあのような事態を招来してしまったのだぞ。それでもおのれが無罪だと言い張るのか。この破廉恥な女め——きさまもシルヴィア皇女と同罪だ。ケイロニア女性の恥だ。えい、触るな——汚らわしい。少しはおのれのしたことを恥じるがいい」

「あたしが何をしたというんですか！」

クララはいっそう絶望的に泣きわめいた。

「あたしは何にもしてやしません！　シルヴィアさまはあたしのいうことなんかお聞きにはならなかったんですから！　あたしは何にもしてない、あたしは無実です。あたしは罰されるようなことは何にもしてやしないんです！」

「一生、この地下牢のなかでそう思っていろ。その一生がどこまであるかは知らぬがな」

ハゾスは酷薄にそう言い捨てた。そして、荒々しく外に出て、がしゃりと牢の扉をしめた。

「行こう、マックス。次はパリスだ。これまた不愉快きわまりないだろうが、仕方ない。とにかくとっととすませてしまうしかない」

「かしこまりました」

マックスは憮然として答えた。その声を、扉の内側からきこえてくる、クララの泣き叫ぶ声と扉を狂ったように叩く音がさえぎったが、その声はしだいに世にも哀れな啜り泣きにかわって、やがて力つきたように途絶えてしまった。男たちは、そのまま、哀れな女官を置き去りにして、奥の地下牢へと進んでいったのだった。

第三話　地下牢

1

「あの女官、どうなさるおつもりですか」

暗い、湿っぽい暗鬱な廊下を歩きながら、マックスがそっとハゾスに声をかけた。

「あ？　ああ。まあ、生かしておくわけにはゆかんだろうな、気の毒ながら」

「処刑、ですか」

「公然と裁判にかけて処刑するわけにはゆかん。そんなことをしたら、ことがすべてあかるみに出てしまう。——何があろうと、シルヴィア皇女が出産したことだの、その原因だのは、知られてはならんのだからな。……だが、あれだけその手引きもし、いろいろなことを知ってしまった女をそのままにしてはおかれんからな。一応公正のためを期して、この牢内で裁判のまねごとを行って有罪を宣告し、死刑を宣して、それで牢内で処刑する、ということになるだろう。私はその裁判官をつとめるのは真っ平ごめんだからな、誰か、しかるべき裁判官をたてて――ああ、だがそうすればそうしたで、またよけい、知られる人間を増やしてしまう。私がせぬわけにはゆかんかな。これ以上一人たりとも、秘密をわかちあう人間を増やしたくないんだ、私は」

「厄介な事件でございますね」

「まったくだ、どんどん気が重くなる」

　それでも、赤ん坊が、ロベルトにうまく引き取ってもらえただけでも、満足すべきだ、とハゾスは思っていた。赤児がどうなったのかは、マックスにも告げてはいなかった。それは本当に、ハゾスひとりの胸に永久にしまっておくつもりだったのだ。

「もし出来ることなら、パリスのほうは、すべての罪をかぶってくれるのだったら、シルヴィア皇女の不倫の相手、ということで記録を残して処刑出来れば、あのあまりにも不名誉な夜のサイロンの話は闇に葬ることが出来はしないかと思うのだがな」

　パリスの牢に入る前に、足をとめて、ハゾスは低い声でマックスに云った。

「パリスという男がもし、本当に皇女を愛しているのだったら、道理を説けばそのくらいの犠牲は引き受けるだろう。そうしたら、グイン陛下には――なんとか、皇女がパリスと不倫の恋をしていた、ということですませられぬだろうか。そうしたら、シルヴィア皇女が陛下と会ったとき、どんなことを言い出しても、それは錯乱していたからだ、ということで押し通してしまえはせぬかと思うのだが――何にせよ、本当のことを知ったらあまりにも陛下がお気の毒だ」

「シルヴィアさまと、グイン陛下をお会わせするのですか？」

仰天したようにマックスが云う。

「私はもう、シルヴィアさまのことは生涯どこかに軟禁状態で、陛下とは切り離してしまわれるおつもりかと思っておりましたが」

「私もそのほうがいいだろうと最初は思っていたのだがな。だが、正式のご夫妻なのだし、それにやはり大帝陛下の息女なのだ。いきなり、そういうわけにはやはりゆくまいが……皇女がちょっとは落ち着いて、おのれのしたことに反省のひとつもしていてくれるようなら、パリスとついつい、寂しさのあまりあやまちをしでかして、それで自責の念にかられるあまり想像妊娠をしたのだ、ということで、なんとかグイン陛下にわびてもらえたら一番いいのだがな。そうして、あとは後悔してどこかの静かな離宮ででも一生を送るというようなことになれば――あとはグイン陛下には、ころあいの妾姫をでもお世話して、お心を慰めて差し上げればいいということになってくれれば、一番まるくおさまるのではないかと思うのだが……とにかく、グイン陛下には、シルヴィア皇女が妊娠しているところをもろに見られてしまったから、それだけは申し開きがきかないからな」

「しかし、シルヴィアさまはまだとても興奮しておいでだし、いったんそうして気持がおさまられても、グイン陛下のお顔をみたらまたたぶん……」

「ああ。それだな。問題は」

ハゾスは、パリスの牢の前で立ち止まったまま、きわめて小声でマックスと立ち話をしていたが、おのれがそうしているのが、パリスの牢のなかに入って、この恋に落ちた下僕の訊問をはじめるのが気が進まないからなのだ、ということに気が付いたので、あきらめて、吐息を飲み込んで、牢番をよんでカギをあけるよう命じた。

クララが閉じこめられているのと、まったく同じ作りの牢ではあったが、なんとなく、さらに陰惨な感じがしたのは、たとえどれだけ放置されていて汚くなっていても若い女のクララが鉄の寝台の上で泣き崩れているのと違って、頑健な牛のようないかつい顔をしたパリスが、寝台の上でうずくまっていたからかもしれない。ハゾスが入っていってもパリスは顔ひとつあげようとしなかった。この世のすべてのものごとに興味を失ったとでもいうかのように、ごつい顔は無表情そのものだった。

(こんな、見るからにいやしい育ちの下男らしい男が……)

それが、シルヴィア皇女になぜ、どのようにそんなに思い入れてしまったのだろう、と、ハゾスは不思議に思いながら、じろじろとパリスを検分した。もとより宰相で、選帝侯の彼には、シルヴィア皇女の御者などに目をとめたり、記憶に残っていようはずとてもない。

ハゾスの目にうつったのは、まだ三十前後だろうが、ひどくごつく、いかつい顔をした、なめし革のように浅黒い肌と、小さな奥まった目に奇妙な悲哀のようなものをたたえた、顔もからだつきも全体が四角ばった、見るからに労働者階級、という感じのする男のすがただった。一応それでも王妃宮の御者であるから、木綿ではない、上質の麻のシャツに、なめし革の胴着をつけ、腰と膝のところで縛るようになっている、御者や肉体労働者がよく着ているズボンをはいているが、足は、靴をはくいとまもあたえられなかったのか、はだしのままだった。ごつい大きな足が、さむざむと石の床の上にむきだしになっている。

「シルヴィア皇女の御者、パリスだな」

厳しい声で、ハゾスは云った。

パリスはのろのろと顔をあげた。だが、何の関心もなさそうにハゾスを見上げただけで、またのろのろとうなだれてしまった。外界になど、何の関心もない、というようすだった。

「お前がシルヴィア皇女と道ならぬ関係を通じ、あまつさえシルヴィア皇女の夜毎のみだらな夜遊びに御者として手引きをしていたことは、女官のクララ、及び当のシルヴィア皇女の懺悔によりすでに明白だ。それに相違ないな」

どのように訊問を切り出したものか、とハゾスはまだ迷っていたのだが、今回はクララよりもさらに、手加減する心などなかったので、最初からおのれの思っている方向に話を誘導するつもりで、手厳しく切り出した。だが、パリスは、まるでハゾスの声など、聞こえてさえいないかのように、まったくそれを無視して、うずくまっているだけだった。

「答えろ。パリス」

ハゾスは声を鋭くした。これでも、大ケイロニアを預かる名宰相と名をはせているのだ。しかもランゴバルド侯騎士団を率いて訓練にものぞむ、武将でもある。おのれの叱咤する声の貫禄や迫力には、それなりに自信をもっていたのだが、パリスは、そのハゾスの鋭い声をきいても、びくりと身をふるわせることとさえしなかった。まるで、そよ風が耳のはたを吹き抜けたほどの動揺もその牛のようなごつい顔には浮かばなかった。何ごとも、感じる感性を失っているのではあるまいか、とさえ、疑われるほどだった。

「パリス。答えよ」

「ランゴバルド侯閣下にお答え申し上げろ」

マックスが、これもかなり苛立ったように、声をあげた。

「もはやすべては明白であるぞ。いまさら隠し立てしようとしてもムダなことだ。おのれのしでかした不始末ゆえ、おのれのあるじたるシルヴィア皇女殿下にもとんだ罪をおかさせたのだ。おのれの所業を恥じて、すみやかにランゴバルド侯閣下にお答え申し上げるのだ」

「……」

その、秘書官のことばをきくと、パリスは、のろのろと顔をあげた。

そして、じろりと秘書官を見つめた。その、小さな、奥まった目のなかに、何か得体のしれぬ、怒りとも悲しみとも、なんともつかぬ炎のようなものがチロチロと燃え上がるように見えたが、一瞬その目を向けただけで、パリスはまたしても、その場にうずくまってしまった。そしてまた、牛のように黙りこくったきり、一言も口を開こうとしなかった。

「パリス!」

苛立って、マックスが叫んだ。ハゾスの渋面をみて、ここはおのれがすすんであるじの苦衷を少しでも取り除いてやらなくては、と考えたのだろう。

「答えろ。もう、そのように黙秘したところでムダなことだ。シルヴィア皇女はすべてを懺悔されている。また女官クララが、おのれがシルヴィア皇女と何回も不義を働いていたことをも告白したぞ。それだけでも、罪一等は断じてまぬかれ得ぬところだ。下郎め」

それでもなお、パリスは口を開こうとせぬ。その牛のような目は、こんどは、おのれの内面をじっと見つめてでもいるかのように、なかばとざされてしまった。そうなると、ごつくてたくましい男だけに、まるで、岩をでも、相手にしているようなものだ。

「答えろ！」

やっきになったように、マックスが、いきなり、手をあげて、パリスの頬を殴りつけた。パリスはぐらりと上体をよろめかせたが、寝台の上に倒れかかったからだを元通りにたてなおしただけだった。唇のはたが切れて、血が少し滲んだが、パリスはひとことも、声をあげようとさえしなかった。

「これは、相当に強情な男のようでございますぞ。ハゾス閣下」

マックスが早くも閉口したような声をあげた。

「拷問人を呼びましょう、そのほうが、早いのではございませんか」

「……そうだな」

ハゾスは、じっとパリスを見つめていた。

（この男は……シルヴィア皇女に、もしかして本当に恋をしていて……そのいちずな恋ゆえに何があろうと皇女に不利な証言はすまい、ただのひとことも口を開くまいと覚悟を決めているのだろうか。そうかもしれぬ……）

（そんなような強情なつらだましいだ。これは難航するかもしれぬ……が、また、逆に、これが皇女のためなのだ、とこんこんと説き聞かせれば、納得してあっさりと自己犠牲を引き受けるかもしれぬ——そのような顔つきでもある）

（不思議なものだな。――誰にも嫌われ者の、はなつまみの、我儘者の皇女だと思っていたが、その皇女にもこうしてひとりだけは、心からの純情を捧げてくれる男がいた、ということなのか……）

ハゾスの胸を去来していたのは、そのような思いであった。やがて、ハゾスは、マックスを見やってうなづいた。

「いいだろう。拷問人を呼べ。ただし、最も口の堅い男に限ると牢番にくれぐれも注意しておくのだぞ」

「そこに抜かりはございません。それではちょっと呼んで参ります」

マックスが出てゆく。ハゾスは、牢番にも外に出させて、パリスと二人きりにさせた。どのみち、パリスはクララと異なり、足首を鉄の重たい鎖で作りつけの鉄の寝台の足に縛りつけられている。もしも何か愚かしい考えをおこしてハゾスに襲いかかってここから逃亡しよう、というような行動に出たところで、その鎖に縛されてどうなるものでもなかろうし、また、ハゾスは武装している。たとえ多少剣がたつのであろうとも、このようなしもじもの男に負けるつもりなどまったくなかった。

「これ、パリス」

それよりも、ハゾスは、おのれの胸にわだかまるその思いを確かめてみたかったのだ。ハゾスが、これまでといくぶん声の調子をかえて呼ぶと、パリスはなんとなくかすかに頭を動かしたが、相変わらずまったく答えようとはしなかった。

だが、ハゾスはかまわずに続けた。

「パリス。お前が、シルヴィア皇女の腹の子供の父親なのか。昨夜、シルヴィア皇女は早産ではあったが無事になんとか出産されたぞ。そのことはまだ知るまい」

「…………」

パリスは、はっとしたように顔をあげた。

こんどはハゾスのことばは確かに手応えがあったのだった。パリスは、小さな目をぎらつかせて、ハゾスを見上げ、そして、はじめて言葉らしい言葉を発した。

「皇女殿下は御無事か。皇女殿下のおからだは……」

「心配か。無理もない。かなり弱っていたからな」

ハゾスは云った。そして、かなり距離をとりながらではあったが、寝台のほうにかがみこんだ。

「お前が、あの子供の父親なのか。お前が、シルヴィア皇女と乳繰りあって、あの許されぬ子供をはらませたのか」

「違う」

鈍い、だが、内心の苦悩を滲ませるような声だった。

「俺ではない。俺はそんな——そんなおそれおおいことはしておらぬ」

「だが、シルヴィア皇女を抱いたのだろう。シルヴィア皇女自身がそう云っている。御者のパリスとも何回も寝た——だが、自分が妊娠したことがわかると、パリスはおのれのからだを案じて、抱けといっても応じないようになった。それで、はらみ女でも面白がって抱いてくれる巷の男を探しにいっていたのだ、とな」

「………」

パリスは、それをきくと、奇妙にいたいたしい目つきで、顔をそむけた。そして、またしても、せっかく開きかけた口がかたくとざされてしまったように、何も云わなくなってしまった。

「お前がいくら皇女を庇おうとしても、皇女自身がべらべらといろいろなことをあちらから喋ってきかせてくれてしまっている。——皇女がどのような醜行を、サイロンの下町で演じていたのか、そのようなこともみんなだ。——いくらお前が庇おうとしても、ムダなことだぞ。皇女自身が、おそらくは破滅してしまうことを望んでいるのではないのか」

「違う」

また、それは、思わずほとばしった叫び声のようにパリスの口から飛び出した声だった。

「そうではない。あのかたは——あのかたは、何もおわかりにならないだけだ」

「何もわからぬだと。何がだ」

「男と――お、男と女が、するべきことをすれば……子供が出来るというようなこともあのかたは――あのかたは幼い子供だから、おわかりでないのだ。誰も教えてくれなかったのだ――誰もあのかたに、男女のいとなみの本当について教えてくれようとはしなかったからだ。だから、あのかたはまったく違うふうにすべてを考えてしまわれた。それだけのことだ」

これほど長く喋るのは、パリスにはなかなか難儀なことだったのかもしれなかった。息を切らしながらそれだけ喋ると、力つきたかのように、パリスはまた、黙り込んで、逞しい肩で息をついた。

（この男は、少し――少し知能が遅れているのだろうか？　それとも、シルヴィア皇女に関するかぎり、まったくの思い込みにとらわれているのだろうか？）

ハゾスは思った。そのとき、だが、マックスが戻ってきて、扉を叩き、扉をあけた。

マックスのうしろに、黒いお仕着せの目のところだけあけた三角形の覆面をかぶり、その下は血がはねかえってもかまわぬよう、真っ黒な皮の腕おおいをつけた、見るからにたくましいがずんぐりとした男が、手に鞭や、ほかにもいろいろな責め道具らしいものをいれた籠を持ってつきしたがっていた。

「この牢でもっとも口がかたく、しかも拷問にたけているという拷問人を呼ばせて参りました」

マックスが云った。

「この男にかかれば、どれほど強情な囚人でもたちどころに泣き叫んですべてを白状するそうです。——拷問にかかりますか」

「…………」

ハゾスは一瞬考えた。情理に訴えれば、案外にパリスは簡単に、ハゾスの思った方向に誘導できそうでもある。だが、その、牛のように強情に押し黙っている顔をみたとき、ハゾスは、この事件が始まって以来ずっと胸のなかにわだかまっている、鬱憤のやり場を見出したようなかすかな感覚を覚えた。

「いいだろう。こやつは相当に強情のようだ。とりあえず、まず少し痛めつけて、すらすらと口を開くようにさせてやれ。拷問人、だが、まだ殺してはならんぞ。抵抗出来ぬように、また何があろうと脱走など考えることもできぬようになるまで少し、こやつの力をそいでやれ。そして、もうちょっと素直になるようにさせるのだ」

「…………」

拷問人は、黙ってうなづいた。

そして、進み出ると、パリスのふとい腕くびをとらえた。パリスはさからわなかった。

拷問人は、片足を寝台の足に鎖で縛られているパリスの腕をつかんで、寝台の足のほ

う の枠にそのために作りつけられている鉄の輪のなかに、手首をいれさせ、がちゃりと手かせをしめた。もう一方の手首をもひきよせて手かせにつなぐ。パリスは寝台の上に、足のほうに頭をむけて、うつぶせにいましめられるかっこうになった。だが足首が片方、鎖で寝台の足につながれているので、からだをそちらにむけてのばすことは出来ぬ。片膝を折ってからだの下に敷き込むようにして、寝台の足のほうの手すりをつかんでいるしかなかった。次に拷問人は腰にさげていたナイフをとりだし、パリスのまとっていた皮の胴着の背中のまんなかに切れ目を入れて、それをべりべりと切り裂いてはがした。その下に着ていた麻のシャツもまんなかから切り裂いて両脇におしひろげてしまう。逞しい、よく筋肉の発達した背中があらわれた。

拷問人はナイフを腰の鞘にしまい、ゆっくりと進み出た。充分におのれのなすべきことを心得た者の落ち着いた態度で、籠にまいて入れてあった短い鞭を取り出してのばす。それは先端にいくつかトゲの植え込まれた、頑丈な牛の革を編んで作ったもので、拷問人はそれをヒュッヒュッと何回か振ってみると、ハゾスを見た。

ハゾスがうなづいてみせると、拷問人はただちにその鞭をふりあげて、きわめて冷静な態度でパリスの背中に打ち下ろした。

その打撃の効果には驚くべきものがあった。パリスはもう覚悟を決めた者らしい態度で、あらがいもせずに鉄の手すりを握り締めてじっとしていたが、その一撃を背中のまんなかに受けたとたんに、牛のように吠えて、全身を痙攣させ、激しくのけぞらせた。たった一撃で、パリスの背中の皮膚はむざんに破れ、皮がたくしあがって真っ赤な肉があらわれた。

ハゾスは、血のしぶきをあびぬようにちょっと壁際まで下がった。マックスも同じようにした。ハゾスは、イヤな顔をしてかくしから絹の手布をとりだし、それを口もとにあてて、血のにおいをふせいだ。拷問人は無言のまま、鉄の寝台の手すりを握り締めてからだを痙攣させているパリスを見下ろした。

次の一撃を、拷問人はなかなか打ち下ろさなかった。じっとパリスを見下ろしたまま、潮時をはかっているかのように見えたが、やがて、また、いきなり目にもとまらぬ速さで鞭をふりあげ、こんどはさきほどの傷とちょうど×のかたちに交差するように、反対側から鞭をぴしりと打ち下ろした。

また、パリスの口から恐しい咆哮が洩れた――今度は、パリスは、そのまま続けて呻き声をあげた。血が滴り落ち、パリスは苦しげに弱々しく身をよじる。

「なかなかの威力だな」

ハゾスは口を手布でおさえて、こみあげるかすかな吐き気をこらえたまま、拷問人に声をかけた。拷問人は黙ってまた頭をさげる。

「こやつは逞しいから、そう簡単には死ぬまいが、必ず、息の根をとめるな。それから、口がきけなくなるほどには痛めつけるな。ただ、抵抗したり、脱走を考えたりすることはとうてい出来なくなるていどまで弱らせてほしいのだ。足を痛めて、逃げられぬようにしてやってくれ」

「………」

また、拷問人は頭をさげた。

そして、今度は手をのばして、パリスの足をいましめている鎖をひいた。パリスは歯を食いしばって背中の激痛に耐えていたが、あらがいきれずに足を引っ張られて、左足をひきずられてのばした。間髪を入れず、その左足の太腿の裏に、拷問人の鞭が飛んだ。続けて、拷問人は、パリスの左足のふくらはぎと足首に、たてつづけにぴしり、ぴしりと短い打擲を下した。

パリスの口から、苦悶の悲鳴が洩れるのを、主従は眉根をよせたまま見下ろしていた。拷問人はパリスの左足を当座使い物にならなくなるくらい痛めつけると、こんどは鎖に縛されていない右足首をつかんでのばさせ、左手でパリスの足首をつかんだまま、その膝の真後ろに鞭を短く持って打ち下ろした。パリスのたくましい全身が痙攣するのを、主従は黙って陰惨な気持で見つめていた。

拷問人は両足を痛めつけてしまうと、鞭をひいた。パリスはすでに、相当に弱っていた。その口から、苦痛に耐えかねた呻き声が、いかに歯を食いしばってもこらえきれずに洩れる。そのからだがひっきりなしに痙攣している。両足のいたるところから血が滴りおち、寝台の上に敷かれた粗末なワラ布団を汚した。血のにおいが狭い石牢のなかに満ちた。

「それならば脱走を考えることは無理だな。よし、いったん鞭をひけ。私が少し訊問をする。いったん、扉の外に出ていよ」

ハゾスが命じると、拷問人は何ひとつなかったかのように、息も切らさずに分厚い扉の外に出ていった。

「あやつに拷問されるような羽目にはなりたくないものだな。——どのように人体を痛めつける方法をでも、よくよくわきまえていそうだ」

思わずハゾスはマックスに囁いた。それから、なんとか気を取り直して、呻きながらうつぶせにうずくまったまま、背中からも、足の後ろ側からも血をしたたらせてかすかに身を苦痛に痙攣させているパリスをのぞきこんだ。もう、間違ってもパリスが飛びかかってくるような心配はありそうもなかった。

「これ、パリス」

ハゾスはのぞきこむようにして低く云った。

「これでわかっただろう。お前がどのように黙秘してみせようともムダなことだ。そもそもお前の生殺与奪の権はすべて我々の手の内にある。——だが、それよりも、皇女を破滅させたくはないのだろう。お前は皇女を愛しているのか。ありていに申せ」

パリスは、呻き、血のあぶくを食いしばった唇のはたから滴らせながら、なにも云わなかった。

「まだ強情を張るのか。強情を張ってもムダだというのがまだわからんのか。お前には、抵抗出来ぬ。だから、何もかもありていに白状しろ。逆にそのほうが皇女のためにもなるやもしれんのだぞ。――お前は、皇女と私通していた。そうだな？」

「…………」

パリスは、血をしたたらせながら顔をそむけた。

ハゾスはかっとしたように――実際は、むしろ、かっとしたというよりも、それを装ったほうが強かったのだが――叫んだ。

「まだ、わからんのか。ではもう少しムチをやれ。マックス、あの拷問人をまた呼び入れろ。まだ、ムチが足りんようだ。この男を従順にさせるためにはな」

2

「かしこまりました」

マックスもほとんど機械的に答えて、ドアを開いて拷問人を呼び入れた。

またふたたび、酸鼻の鞭打ちがおこなわれて、激痛のなかにのたうち回らされるのだ、と知って、パリスは痙攣するようにからだをよじり、鉄の手すりにしがみつくような動作をした。だが、すでにかなりその動きは弱々しくなっていた。

「お前のムチは、まだこやつを従順にさせるには足りぬようだぞ」

ハゾスは、拷問人に云った。

「もうちょっと、痛めつけろ。だが、決して殺してはならぬ。この男には、まだ生きたままやってもらわねばならぬちょっとした役割があるのだ」

（何がどうあれ、この男がシルヴィア皇女の相手だった、ということにしてしまうほかはない）

ハゾスは、その考えだけは、もう、最初から思い決めていた。

(決してケイロニアの歴史に残してはならぬのは――シルヴィア皇女が本当にやった、とてつもない醜行の真実だけだ。……そのくらいなら、まだしも、幼いときからずっとおそばづきだった下僕とついつい恋におちて、皇女にあるまじき不倫の恋愛沙汰に走った、ということになったほうがまだよい。というより、そうしておかぬわけにはゆかぬ。――そして、出来ることなら――それをはっきりと記録に残してこの男を処刑して――シルヴィア皇女の乱行ではなく、シルヴィア皇女の不倫の恋愛の記録を残すことだ。でなければ――ケイロニア皇帝家は、とうてい拭い去ることの出来ぬ汚点を残してしまうことになる……)

(もしも、サイロンに出かけ、夜な夜な卑しい労働者の男どもに身をまかせ、男あさりをしていた、ということになれば――それが表沙汰にでもなれば、大帝陛下はグイン陛下への体面上も、意地でも――シルヴィア皇女を公式に処刑せぬわけにはゆくまい。それほどの醜行だ――二目とみられぬ、とうてい正視するにあたわぬほどの醜聞だ。だが、もしも――下男のこの男と身分違いの恋愛をした、ということですませられるのなら、あるいはシルヴィア皇女も生涯の軟禁ですむかもしれぬし――こっそりと、カストールに一服盛ってもらう、ということだけですむ可能性もないわけでもない。――いずれにもせよ、そのときには内輪ですませられる。だが真実があかるみに出てしまえば――ケイロニア皇帝家の名誉を守るためには、ただもう――皇女の処刑、という最悪の事態しかない……）

その、アキレウス大帝やグイン王が納得するようなかたちをつくるためにも、パリスには、皇女との恋愛を守ろうと意地を張り通したが、拷問にたえかねてついに《真実》を告白した、という体裁を作っておかなくてはならぬ。

本当はパリスにとっては、それがシルヴィアのためなのだ、と言い聞かされたほうがききめがあるかもしれなかったが、その前に、どうあっても、ハゾスは、「拷問によって」屈服したパリスが告白した、というかたちにしておきたかった。

（それに――もうひとつの、最大の難問がひかえている……いうまでもなく、皇女当人だ……）

皇女がちょっとでも、そのへんの――皇帝家の体面だの、ケイロニアの国内外の聞こえだの、といったことを理解してくれるようならば、こんな騒ぎをおこしはすまい。しかも、いまの錯乱しているシルヴィアは、何をどこでどう口走るか知れたものではない。だが、いまはまだ、グインのためにも、シルヴィアに死んでもらっては困る、とハゾスは思っている。グインがケイロニア王でいるためには、シルヴィアの夫、という地位がどうしても必要なのだ。そのうちに、ハゾスは、アキレウス大帝を説き伏せて、シルヴィアの夫であるからではなく、グインそのものをアキレウス大帝の養子とする手続きをさせてしまおうと思っているが、いずれはシルヴィアに死んでもらうしかないにせよ、それは、それからあとでなくては困る。

拷問人は、おのれのムチがきかなかった、といわれて、自尊心を傷つけられたようだった。相変わらずひとことも口をきかぬままだが、マスクからのぞいているその奥まった両眼は赤い怒りの光を浮かべていた。ハゾスがあれこれ考えめぐらしているあいだに、拷問人はものもいわぬまま、ピシリ、ピシリと容赦なくパリスの背中一面にムチの雨を降らせていた。

今度は、やや力を弱めているようだが、そのかわりに情け容赦のない攻撃がたくましいパリスの背中一面をずたずたに切り裂いてゆく。みるみる、たくましい背中は完膚無きまでに傷つけられ、パリスは打たれるごとに獣じみた絶叫をあげながら、全身を激しく痙攣させせるばかりになっていた。

「もういい」

ハゾスは手布を口にあてがって血のにおいをかぐまいとしながら、云って、ようやく打擲をやめさせた。パリスはもう手すりを握り締めている力もないように、寝台の上にうつぶせたまま、ぜいぜいと異様なのどにからまるような息をつき、その背中はあっという間に叩き裂かれた傷で埋め尽くされて血まみれになっている。まるで、生肉がころがっているような真っ赤な背中が弱々しく上下している。

「だいぶ、参っただろう」

ハゾスは云った。

「マックス、こやつを見張っていろ。拷問人は、また呼ぶゆえそれを待っていろ。私はちょっと――別のほうにいって様子を見てくる」

「かしこまりました」

マックスもいくぶん気分を悪くしているように低い声で答える。このような酸鼻の光景を見て楽しむ変態的な要素は、どちらも持ち合わせていないのだ。

ハゾスはげんなりしながら、血のにおいと呻き声でみちてしまった地下牢を出て、そのまま階段をのぼっていった。シルヴィアの軟禁されている二階の室へあがってゆくと、そっと扉を叩いた。ガイと呼ばれていた、カストールの助手がすぐに扉を内側からあけてくれる。

「具合は？」

「いまは、目がさめてうつらうつらしていられるようです」

「少し、落ち着いたところで、話がしたい。ちょっと、はずしてくれんか」

「はい」

ガイが出てゆくのといれかわりに、ハゾスは室にすべりこんで扉をしめた。

そこは高貴の身分の囚人を軟禁するために作られた室であるので、かなり下のあのおぞましい地下牢に比べれば広くなっている。それに、室のなかも、一応まともな室らしく、壁紙もそれなりにきれいだし、寝台も立派なものだ。床にはじゅうたんも敷いてあるし、壁にくっつけるようにして、ソファと机もおいてある。小さなななめの手紙机さえ置かれている。窓に鉄格子がはめられているのを、分厚いカーテンが隠していることさえのぞけば、寝台のかたわらにおかれている小さなしゃれた燭台にもあかりがともされ、壁には壁龕がもうけられてちょっとした飾りの女神像までもおさめられていて、なかなかに瀟洒な婦人室だ、とさえ云えた。だが、扉は二重に作られて外の扉は鉄製で、そしてそのカギの頑丈さだけが、この室がやはり牢獄にほかならぬことを物語っている。

シルヴィアはその寝台の上に横たわっていたが、この前にハゾスが見たときにくらべれば、はるかに落ち着いて、状態もよくなっているように見えた。

むろん一日や二日でそうそうみばがよくなったり、栄養状態が回復するはずもなく、顔色がおそろしく悪いのも、げっそりと瘦せこけてやつれて、髑髏じみた顔になっているのもそのままだが、それでも、最初にあの寝室で見たときのシルヴィアがあまりにもすさまじすぎたせいか、次にからだも髪の毛も洗われてさっぱりとした寝間着に着替えさせられたときにかなり人がましく見えるようになり、そして、出産してしまって、そのあとずっと栄養のあるスープや薬を飲まされてはひたすらこんこんと眠っていた、というその一日後の分くらいは、顔色も多少回復していたし、髪の毛も一応きちんととかされてまとめられ、そして、何よりも、顔つきは相変わらずげっそりとしてはいたが、ずいぶんと落ち着いて正気に戻ったように見えた。

だが、それはあくまでも見えただけだったのかもしれぬ。シルヴィアは、薬がきいているのか、まだなんとなくぼうっとした顔のまま、ハゾスが入ってゆく物音をききつけたようにぼんやりと目を開いたが、その目はハゾスを知覚したようでもなかった。

「シルヴィアさま」

ハゾスは声をかけた。また興奮させすぎぬように、なるべくおだやかな声を作ろうとつとめた。

「お目はさめておられますか。私です。宰相のランゴバルド侯ハゾス」

「ハゾス……」

ぼんやりとシルヴィアが呟くのが耳に入った。唇はまだやはり青黒いような色になり、それにたぶん嚙みしめてあちこち破れてしまったのだろう。血の色も残したまま、かわいてひびわれてひどく痛そうだ。その名を呟きはしたが、ほとんど彼女は、それが誰であるのかさえ、知覚しておらず、おうむ返しにしたにすぎないように見えた。

「私がおわかりですか。——御自分がいま、どうなっているかはわかっておられる?」

「……」

やはりぼんやりとしたまま、シルヴィアがハゾスを見る。その目にゆっくりと焦点があってはきたが、まるで、まともな知能はすべて失われてしまったかのように、シルヴィアは何も答えようとしなかった。

「まだ、おからだはお痛みになりますか。――少しは、楽におなりになりましたか」

どうしても、叱責したり、非難したりする響きがおのれの声に入ってきてしまいそうになるのを、ハゾスはおさえるのに骨を折った。もともとが、内心では、顔など見たくもないくらいにさげすんだり、愛想をつかしたりしているのだ。だが、それを、いまおもてにあらわして、また激昂をひきおこすのは願い下げだから、おとなしくしているだけなのだ。

「からだ……」

ぼんやりと、また、何を云われているかわからぬようにシルヴィアはくりかえす。その目が何回かまたたき、ようやく少しはっきりとしてきた。

「私――私どうしたのかしら……なんだか、なにも……なにもよくわかんない……ここはどこ……私の部屋？　わからない……」

「ここは、東の塔のなかです」

ハゾスはいくぶん声の調子を強めながら云った。

「あなたは、ここに収容されて手当を受けておられるのです。御自分がどうなったか、何をなさったのか、覚えておられませんか」

このあいだ、顔をあわせたときには、シルヴィアが子供を早産で産み落とし、それをハゾスが産褥から取り上げて、子供をかえせと泣き叫ぶシルヴィアから、無理矢理に奪い去るようにして、サイロンのおのれの公邸へと連れ去ってしまったのだった。

だが、いまのシルヴィアを見ていると、ハゾスがそうしたということも――それどころか、おのれが子供を妊娠し、出産したのだ、ということも、そのことのあまりにも重大な意味も、まったくわかってはおらぬようにしか見えなかった。それどころか、自分の上に、そんなことがおきたとさえ、知覚されていないのかもしれない、とさえ思われる。

「あたし――あたしどうしたの……」

かぼそい声でいったシルヴィアの顔は、げっそりとやつれてはいたものの、なんだかまるで、ごく幼い、童女かなにかのようだった。

「おからだは大丈夫ですか？」

「からだ――からだ……痛い――どうして？　あたしどうしたの？」

「あなたは……とても弱っておられたのです。シルヴィア殿下」

ハゾスはどこまでどう切り出したものかと迷いながら云った。もしも本当にシルヴィアが、あのときはただ激しい錯乱にとらわれていただけのことで、いま正気に戻って、おのれが出産したことさえも忘れはててしまっている、というのであれば、それはそのほうがかえって都合がよいくらいだ。

だが、シルヴィアのようすをみた限りでは、ハゾスには、それが本当に正気に戻って何も覚えていないのか、それともそういうふりをしているだけなのか、たまたまいまぼうっとしているだけなのか、それはよく見分けがつかなかった。もしも本当に出産したことさえ忘れてしまっているほどなら、それだったらそのままそれこそ想像妊娠と想像出産で押し通してしまったほうがいい、と思う。

「ですが、医師のお手当をうけていまはとりあえず安全になっておられます。——御自分がどうしたのか、覚えておられませんか。覚えておられませんね？」

「あたしは……」

ふいに、小さな声で、シルヴィアが云った。そして、おどろいたように、布団の下で弱々しく手を動かした——おのれのからだをなでてみたらしかった。

「お腹がぺちゃんこになってる」

シルヴィアは子供じみた声で云った。

「ねえ、あたしどうしたの。あたしの——あたしの……赤ちゃんはどうなったの」

(覚えているのか)

ハゾスは低く舌打ちをしたが、シルヴィアをおどろかさぬよう、聞こえるほどではなかった。

「赤ちゃんですと」

「あたし……ねえ、あたしお腹が大きくなっちゃったんだわ。そうして……ああ」

いきなり、シルヴィアの顔に、しかし何か愕然とする色が動いた。

シルヴィアは、だが、衰弱しきっているようすだった。激昂しようにも、するだけの力がない、といったようすで、シルヴィアはハゾスを弱々しくにらみすえた。

「思い出したわ。あなたがあたしの赤ちゃんを連れてっちゃったんだわ。ねえ、どうしてそんなことをするの？　あたし、赤ちゃんが欲しかったのよ……あたしが育てるんだから、あたしにかえして頂戴。あれはあたしのなの……生まれてはじめて、あたしが……あたしが持った自分のものなのよ……」

「あなたは……御自分が何をいっているかおわかりに――」

ハゾスは、反射的に怒鳴りつけたくなるのを懸命に自制した。いまは、怒鳴ったり怒りをぶつけるよりも、もっとしなくてはならぬことがあった。

「シルヴィア殿下、あなたは、いまさらいうまでもないアキレウス大帝陛下のご息女です。場合によってはアキレウス陛下のあとをついでケイロニアの女帝ともならなくてはいけない立場にあるおかたです。それは、おわかりでしょうな」

「……」

シルヴィアは、奇妙な目つきでハゾスを見上げた。一瞬、この男が誰なのか、まったくわからぬかのように見えた。

「あなたは、誰の子供を妊娠し、産み落とされたか、おわかりですか。云ってみなさい。あなたは、誰の子供をはらんだのです」

「グインのだわ」

「……………」

一瞬、またしても、ハゾスは、逆上して怒鳴り出したい欲求と戦わなくてはならなかった。

「勿論じゃないの。——あたしは、グインの奥さんよ。だから、あたしが子供を産むのなら、グインの子供に決まってるじゃないの」

「グイン陛下はずっとパロに遠征してそのために失踪され、お戻りではなかったのです。あのかたには、あなたの子供の父親になることは物理的に不可能なのです」

「変なことをいわないでよ」

ぼんやりとシルヴィアは云った。

「だってあたしはグインの奥さんで、グインはあたしの夫だわ。だから、あたしが子供を産むなら、それはグインの子供に決まってるんだわ。ねえ、なんであなたはあたしの子供を連れていっちゃったの？　どこに連れてってったの？　あたしの赤ちゃんをかえしてよ——早くあたしの子供をここに連れてきて。あたし、まだあたしの子供をだっこしてあげてもいないのよ……あたし、ずっと夢だったの。あたしの子供が産まれたら——ずっとだっこして、そうしてあたしがじぶんでお乳をあげようって。だって、あたしは……乳母に育てられて、あたしのおかあさまはあたしをだっこしてくださったことが一回もないのよ。だから、あたし……お父様にもおかあさまにも、だっこされたことがないの。乳母やはいつもだっこしてくれたけれど……してくれたはずだけど——ああ、でも、そうよ……おかあさまは、あたしが乳母やにあんまりなつきすぎるといって、ごきげんを悪くされて、乳母やをくににかえしてしまわれたの。あたしさんざん泣いたわ——でもそのあとは、いじわるな女官長だの、女官たちばかりがあたしの面倒を見ることになったのよ。そうしてみんなとてもいじわるで、もちろんだっこどころか、あたしの悪口ばかりいって、とてもいやなやつらだったの。だから、あたし、いまにあたしの子供が産まれたら、ぜったいに乳母やになんかあずけないで、あたしの手でお乳を上げて、あたしの手で面倒をみて——おしめだってかえてやるし、あたしがずっとだっこして育ててやるのだって決めていたの。——ねえ、あたしの赤ん坊はどこ？　あたしの赤ちゃんはどこにいったの？」

「シルヴィア殿下」

これはよいおりかもしれぬ、とハゾスは判断した。

「おりいって殿下にお話があります。——というのは、シルヴィアさまが産み落とされたと思うその赤ん坊というのは——それは、存在していなかったのです」

「え」

けげんそうに、シルヴィアは目を見開いた。

「なんのこと。へんなことといわないで」

「あなたは、子供が欲しいとお思いになるあまり、御自分が子供が出来たと思い込んでしまわれたのです。——つまり、想像妊娠だったのです。そして、カストール博士のお手当によって、出産した、と思われたのですが、それもすべて想像の産物で——つまり、あなたは想像妊娠して、想像出産をされただけだったのです。じっさいに、あなたは子供は出来ておられなかったし、だから、それを産み落とすことは出来なかったのです」

「何を——何を云ってるのよ……」

いくぶんこころもとなさそうな声で、シルヴィアは云った。

「へんな——変なことといわないでよ。あたしは……ちゃんと……だって、あたしのお腹、どんどんどんどんふくらんでいったし——いや！　クララ、クララいないの？　ちょっとこの男をどこかにやっちゃってよ！　この人、誰だか知らないけれど、貴婦人の部屋に、しかも寝室に入ってきて、変な失礼なことばかりいうのよ！　早くこの男をさがれといってやって。そんなわけがないじゃないの。あたし、ちゃんと——赤ちゃんが、あたしの赤ちゃんがあたしのお腹のなかを蹴飛ばす感覚を感じたのよ。生まれてはじめてだったわ、あんなすごい感覚……」

「それもみな、想像の産物なのです」

強い口調でハゾスは云いきかせにかかった。

「あまりに欲しいと思っていると女性は、そういうことがあるそうなのだそうです。カストール博士もきわめて珍しい例ではあるが、何例か見たことがあるといっておられました。——あまりに思い詰めていると女性のからだは、そのとおりの状態を示すので、月のものもとまり、腹もしだいにふくれ、つわりもおき——まったく妊娠しているのとかわらぬ状態を示すのだそうです。だが、本当にはその腹のなかには何も入っておらず——だから、出産しても、そこにはまったく子供など存在していないのだそうです」

「何をいってるのよ。あんた、だってあたしの赤ん坊をその手でとりあげたじゃないの。あの子が、ひい、ひいってかよわい声で泣くのをあたし聞いたわよ……」

「それも、想像ですよ。それも、あなたのお気が狂っておられたからです。でももういまは正気に戻っておられる」

「うそつき！」

シルヴィアの声がするどくとがった。

「変なことといわないでよ、変な人ね！　そんなばかげたこと、冗談にしてもいわないで！　あたしは子供を——あたしは子供を産んだのよ、そんなこと、覚えてない女がいると思って？　どんなに痛くて苦しかったか、ちゃんと覚えてるわ！　でもって、ああ、生まれた、って感じた瞬間のことだって！　あんまり変なことばかりいうと——パリスを呼んで、放り出させるわよ。あんたが、宰相だかなんだか知らないけれど、礼儀知らずにも、皇女の寝室から出てゆかないというのだったら！　そうよ、皇女の寝室に忍び込んでどうしようっていうの？　ここは、ケイロニア皇女の寝所なのよ。許さないわよ——パリス、パリス、パリス！」

「パリスは、もう、とらえて牢獄につなぎました」

けわしく、ハゾスは云った。

「さきほど、この部屋まで、あの男が鞭打ちをうけてあげた悲鳴が聞こえては参りませんでしたか。あの男はすべてを白状するようにと、拷問にかけられているのです。それもすべて、あなたがちゃんと本当のことをおっしゃらないからですよ——シルヴィア皇女。あなたは、おのれのしたことをわかっておられないのか、それともわからないふりをしておられるのかどちらかだと——シルヴィアさま！」

いきなり、シルヴィアが、枕もとのテーブルにのせてあった、水さしをつかんで、ハゾスにむかって投げつけたのだった。

ふいをうたれたので、とっさに身をかわしたものの、ハゾスもすべてはよけきれなかった。とっさに手で払いのけたので、水さしはそのまま壁に激突して粉みじんに割れて飛び散ったが、中に入っていた水まではよけきれず、ハゾスの胸もとがびしょぬれになった。

「何をされるんです！」

「イヤ！　何をするのよ！　なんでそんなひどいことするの！」

シルヴィアは再び激昂しはじめているようだった。

「パリスに、何をしたですって！　パリスをかえして、いますぐここにパリスを連れてきてよ！　パリスが何をしたっていうの。クララ、クララ！　クララまで連れていっちゃったの？　どうしてそんな酷いことばかりするの？　あたしには、パリスとクララしか——あたしのことを考えてくれる人間なんていやしないのに！　なんで、あたしのことを本当に思ってくれる人間がいると、みんなしてそれをあたしから取り上げようとするの！　そんなにあたしを——そんなにあたしを苦しめたいの！　そんなにあたしをひとりぼっちにしたいの？　なんでよ、なんでなのよ！」

「殿下、落ち着きなさい。あなたはかりそめにもアキレウス大帝の息女なのですぞ！」

「パリスを返して！」

シルヴィアの目がつりあがった。

その唇からまたしても、泡がふきだし、その形相が鬼女さながらに変貌してゆくのを、ぞっとしながらハゾスは見つめていた。

「かえして、返してよ！　パリスだけなのよ、あたしを愛してくれるのは！　パリスを拷問にですって！　なんで、なんでそんなことするの！　なんで！」

シルヴィアの声がしだいにたつみあがりに甲高く大きくなってゆく。耳をふさぎたい心持で、ハゾスはその怒声に耐えていた。

3

「出てゆけ！　あたしの寝間からいますぐ出てってよ！　恥知らず！　ろくでなし！　あたしの子供を奪ったくせに！　あんたじゃないの、あたしの子供を連れてっちゃったのは、あんたじゃないの！　ちゃあんとわかってるのよ！」

シルヴィアの声が、逆上した金切り声になっていったのをきくと、ハゾスは素早く身をひるがえした。内側から扉を叩くと、外で待っていたカストールの助手のガイが急いで扉をあけてくれた。

「子供をかえしてよ！　あたしの大事な子よ！　あたしのたったひとりの、やっと生まれた子どもなのよ！　かえしなさいよ、なんであたしの子供を、どこに連れていってしまったのよ、このひとでなし、人非人、ひとさらい！　子供をかえして、かえして、かえしてよ！　パリスを返して！　あたしにはパリスしかいないのよ！」

うしろから、なおもシルヴィアの金切り声が追いかけてくる。心配顔のガイに、ハゾスは低い声で手短かに云った。

「最初は落ち着いているように見えたのだが、いろいろ話を聞きだそうとしていたら、また興奮させてしまったようだ。もしも、カストール博士の治療の邪魔をしてしまったのならすまない。とりあえず少し落ち着かせたら、また、鎮静剤でも飲ませて、眠らせてやってくれんか」

「かしこまりました」

ガイがうなづくのを見届けもせずに、ハゾスは急ぎ足でまた地下牢に降りていった。

だんだん、夜が深まってきている。ハゾスの胸のなかは、いったいいつまで、このような見苦しい、うんざりする、おのれの趣味にまるきりあわない事件にかかわりあっていなくてはならないのだろう、という思いで一杯だった。

だが、地下牢に降りていったとき、少しだけハゾスの顔は明るくなっていた。ちょっと、思いついたことがあったのだ。

「私だ。あけてくれ」

パリスの入れられている地下牢に戻っていって、扉を叩くと、牢番がいそいであけてくれた。マックスがパリスの牢のなかで、黙然と待っていて、ハゾスをみるとほっとしたような顔をする。

室のなかは、相変わらず血のにおいがし、そしてパリスは寝台の上で、うつぶせにうずくまり、背中から血を流して呻きながらぐったりとなっていた。何も、出ていったときと変わったようすには見えない。

「パリス。いま、上から、シルヴィア皇女の声が聞こえなかったか」

ハゾスは云った。パリスは、ハゾスの声がきこえたとも思えなかった。呻きながら、ぐったりとなっている。

「シルヴィア皇女が狂乱して、子供を返せと叫んでいたのだ。また、お前を拷問にかけているといったら、なぜお前を拷問にかけるのだといって錯乱しはじめた。皇女は、お前を愛しているのだろう」

「ち——がう……」

パリスが、口をきいた。

苦しい息をしぼり出すようにして、顔をあげる気力もないままに、だがなんとかはっきりと聞こえるように喋ろうとする。

「それは違う……」

「何が違う。——皇女は、お前があの子供の父親だと信じているのだろう。もっとも、こともあろうにグイン陛下の子だとも口走っていたが——なんだか、皇女は錯乱して、何がなんだかわからなくなっていられるようだ。そこで、考えたが、もうこのようなところで、お前のような強情者を拷問して、時間を無駄に費やしているほど私もひまではない。これからお前を直接皇女の部屋に連れて行く」

呻くように、パリスが叫んだ。よほど仰天したように、血まみれの顔をふりあげてなんとかハゾスの顔を見ようとする。

「な⸺なんだと……？」

「よせ⸺そんなことは……」

「お前の指図など受けぬ。女官のクララはすべてを白状した。これから、女官のクララと、それにお前を連れていって、シルヴィア皇女と対面させ、誰が嘘をついていて、誰が本当のことをいっているのだかはっきりさせてやる。でなくては、いったい、本当に子供が産まれたのやら生まれておらぬのやら、誰の子やらそれさえはっきりせぬからな。世話を焼かせおって⸺ともあれ真実は突き止めずにはおかぬぞ。それとも、お前がありていに白状すればよし⸺」

「白状……何を……何を白状しろというのだ」

奇妙なことに、シルヴィア皇女と対面させる、といったハゾスのことばのほうが、からだにあびた恐しいムチのききめよりも、ずっとパリスの心を打ち砕いたかのように見えた。ハゾスは、ひそかに、思ったとおりだったと心のなかでうなづいた。

「何もかもありていに白状すればよいのだ。というより、お前はともかくも、そうして黙秘してシルヴィア皇女を庇いたてているつもりなのだろうが、ご生憎様だ。お前がそうしてだんまりを続けていようとすればするほど、お前は皇女を窮地に追い込むことになるのだ。なぜだかわかるか」

「なん——だと……」

パリスが、苦痛の呻き声をあげた。

「なぜだ——」

「皇女は自ら、あらぬことをなんでも口走っているからだ。錯乱しているのだろうとは思うが、サイロンの町でどのようなおそろしい醜行をはたらいたか、どのように大勢の男たちに身をまかせたか、というようなことを平気で口走っている。しかも女官のクラはそれが本当だと証言しているのだぞ」

「嘘だ」

パリスが呻くような声で叫んだ。

「それは嘘だ。皇女さまはそんなことはしておられぬ……」

「お前はシルヴィア皇女を庇いたいのだろう。だったら、皇女自身の錯乱から庇ってやらぬことにはどうにもならんぞ。——私とてもただの宰相の身、最終的には、グイン陛下にシルヴィア皇女をお会わせせぬわけにはゆかぬ。そのときにもし、皇女がいま錯乱して口走っているのと同じことを言い続けるのだったら——ケイロニアとしてはどうあっても、この国の体面上、ケイロニア皇帝家の体面上、皇女から皇籍を剝奪の上、すべての地位と名誉を奪いとり、処刑せぬわけにはゆかなくなるのだ。それが、わからぬか」

「しょ——処刑……シルヴィアさまを……」

パリスは、恐しい衝撃を受けたように叫んだ。そのあまり整っておらぬ四角いごつい顔が、ムチ打たれたときよりもさえ、むざんにゆがんだ。

「なぜだ——そんなことはありえない……あのかたは、ケイロニアの皇女ではないか……皇女を処刑など……そんな、とてつもない——第一、あのかたは何も——何もしてはおられぬのだから……」

「何もしておらぬが聞いてあきれるぞ、パリス。皇女自身が口にしている汚らわしい行為が、もし、その十分の一でも真実ならば、彼女は二度ともう日の目は見られぬ。この塔のなかでひそかに処刑されるしかないようなことなのだぞ」

「シルヴィアさまは……シルヴィアさまは何もしてはおられぬ……ただ……」

苦しそうに、パリスは叫んだ。

「ただ、あのかたは……あのかたは何も——何もご存じなかっただけだ。それだけなのだ——本当だ……信じてくれ……あのかたは、何もそんな……してはならぬことはしてはおられない……」

「シルヴィア皇女自身はそうは言っていないし、女官のクララもそうは云っていないぞ。もっともクララが云っているのは、あくまでも『皇女殿下がこうおっしゃいました』という、シルヴィア皇女のことばにすぎないが」

「あの女は、バカだ」

根強い、思いがけないほどの憎しみをこめて、パリスは言い切った。

「あの女は、忠義づらをしているが、本当はシルヴィアさまのことなどかけらほども忠誠には思ってなどいやしない。シルヴィアさまのまわりにいる女どもはみんな……みんなクズのろくでなしだ。ああいう女どもが、シルヴィアさまを不幸にしているのだ」

「だから、お前がお慰めした、というわけか、パリス？」

鋭く、ハゾスは決めつけた。

「よいか。お前を上につれていって、シルヴィア皇女と対面させれば、おそらくシルヴィア皇女はお前を救おうとして逆上して、ますますおのれがサイロンでしでかした二目とみられぬ醜行について叫びたてるだけだぞ。だが、どうだ、パリス。皇女のいのちだけは、なんとか救いたくはないのか。お前は皇女を愛しているのだろう。皇女に、こんな牢のなかで誰にも知られずあの若さでむざんな死をとげさせたいか」

「そんな——愛してなど……そんな恐れ多いことはしていない……俺はただ——俺はただ、あのかたが……ふびんだっただけだ……」

パリスは呻くような声をあげた。

「だが、あのかたが……処刑……そんなことが——もしもまぬかれる方法があるのなら……なんでもする。俺は……どうなってもいい――責め殺されてもいい。八つ裂きにされても……かまわぬ……頼む。ハゾス宰相――シルヴィアさまを――助けてあげてくれ……あのかたは、ふびんなかたなのだ――何も知らない――何もわかっておられないだけだ……」

「その皇女に、どうしてだか、そこまで思い込んでしまったのが、お前の運命だったというわけだな。パリス」

しだいにおのれの思う方向に話が進んできたことにひそかに満足しながら、ハゾスは云った。

「皇女を助けたいなら、もっと早くに素直に協力していればよかったのだ。だがいまからでも遅くはない。いまのところ、皇女が子供を産み落としたことを知っているものはここにいる我々だけだ。むろんとりあげた医師のカストール博士とその助手は知っているが、『医師の誓い』があるから、医師たちは決して患者の秘密については口外しない。ここにいるマックスも私の秘書ゆえ、私が忘れろといえばその場で忘れてしまう。そうだな、マックス」

「はい」

「だが、皇女が妊娠していた、ということは、すでに、あいにくと、あの王妃宮の女官たちにはことごとく知られてしまっている――知られていないまでも、おおむね見当がついてしまっている。女官などというものは口さがないものだ。そして、あの女官どもをみな押さえてしまったにしても、もしもあのなかの一人でもが、外でちょっとでも洩らしてしまっていれば、そこからどう秘密がもれないものでもない。——が、知られているのは妊娠していたようだ、ということまで——その相手も、それからそのあとその妊娠がどうなったかということも、誰にも知られてはおらぬ」

「……………」

パリスは黙り込んだ。

そして、おそろしく真剣な目つきで、苦痛を懸命にこらえながらハゾスを見つめた。ハゾスが何をいうつもりなのかと、ひどく気になっているようすだ。

「私は、グイン陛下にこのように申し上げてしまったのだ。シルヴィア殿下は、想像妊娠であったと思われます、本当には子供は出来ておいでにならなかったようです、とな。——また事実、もう生まれた子どもはどこにもおらぬ」

「殺したのか」

悲鳴のような声をあげて、パリスが苦悶にからだを痙攣させた。

「殺してしまったのか。そうなのだな。何の罪もない——いたいけな赤児を、産褥で殺してしまったのだな」

「そんなことはお前の知ったことではない。だが、もう子供はおらぬ以上、あとはただ、シルヴィア皇女がいったいなぜ、自分が妊娠したと思いこんだのか、ということだけだ。

――いくらなんでも、グィン陛下を恋しさのあまりに想像妊娠をしてしまった、と言いくるめることは不可能だ。ことにシルヴィア皇女があれだけ――」

（豹頭のばけもの！）

毒々しい、シルヴィアの罵声のことを思い出して、ハゾスはくちびるをかみしめた。

それから、なんとかおのれを落ち着かせて、先を続けた。

「あのように興奮がなかなか去らず、錯乱しつづけておられるようではな。どうあれ、シルヴィア皇女の《相手》があった、ということがなくては、いかなグィン陛下であれ――また、ケイロニア宮廷であれ、納得は出来ぬ」

「……………」

パリスは、爛々と目を光らせながら、ハゾスをにらみすえている。からだじゅうをさいなんでいるはずの恐しい苦痛さえも、魂の苦悶の前に忘れてしまったかに見えた。

「だが――真実は、とうてい人前には出されぬものだということくらい、お前にもわかるだろう。――皇女ともあろうものが、複数のいやしい、しもじもの男どもと――しかも何回も相手をかえて、サイロンの下町で男漁りの末に抱かれていたなど。こんな前代未聞の醜聞を存在させるわけにはゆかぬ。そのくらいなら、まだ――昔からおそばに仕えていたいやしい下男と、身分をこえた恋におちてしまわれた、というほうが……シルヴィア皇女に傷がつかぬ」

「……」

パリスは低い呻き声をあげた。

「私の云いたいことがわかるか、パリス。――もしもシルヴィア皇女を、不名誉で、しかもまぬかれがたい処刑から救いたいのなら、お前が罪をかぶることだ。――お前が、拷問の末に真実を告白した――お前が、シルヴィアさまとの恋におちて、その結果、グイン陛下の長い不在に業を煮やしていたシルヴィアさまが、お前とのあいだに子供を作ったと信じ込んでしまった。だがそれは結局想像妊娠にすぎなかった……ということだ。わかるか」

「違う」

ふいに、ひどくはっきりとパリスが言い切ったので、ハゾスはかっとなってあやうく拷問人を呼べと叫ぶところだった。

だが、パリスは、血と汗と苦悶の涙によごれた顔をふりあげ、必死に叫んだ。

「そうではない。シルヴィアさまは俺のようないやしい男と恋になど落ちられぬ。俺が――俺が、恐れ多くも……シルヴィアさまに横恋慕して……勝手に恋をして、それでシルヴィアさまを――恐れ多いことながら、手ごめにしてしまったのだ。それで――それでシルヴィアさまは妊娠されたと思い込んでしまわれた……そうだろう、ハゾス宰相、そのほうが、シルヴィアさまには何の罪もなく――ただ、俺だけが――このパリスだけが悪いことになるのだろう。そうだといってくれ。そうだとしてくれ――俺は、もう、どうなってもかまわぬ。どうせ、捕らえられたときからもう生きながらえることは出来ぬだろうと覚悟は決めていた。なんでもする――シルヴィアさまのために、一番……都合のよいように自白する。どこでどのように……その自白をしろといわれても……そのとおりにする。だから……頼む。シルヴィアさまだけは――シルヴィアさまだけは……」

「……」

ちょっと、奇妙なことだったが、これほど悲惨な、陰惨な状況であったにもかかわらず、思わず胸をうたれて、ハゾスはこの醜いといっていい下男の顔を眺めていた。

（いったい、どんな運命のいたずらで、この男は――あの皇女を、淫奔でだらしのない、わがままで幼稚な皇女をそんなにまで思い詰めてしまったものか……）

その思いが――少なくともたったひとりだけは、シルヴィアのために、いのちをかけてくれようという男がいたわけだ、という思いが、ハゾスの胸をふしぎなくらい打っていたのだ。とりあえず、ハゾスもまたきっすいのケイロニア人であったし、ケイロニアの男にとっては、忠誠、忠義、いちず、といった心情こそは、もっとも重大で、そして敬意を払われるものであった。（なんで、よりによってあの皇女を……）という多少の感慨はあったにせよ、ハゾスの、パリスを見下ろす目は、その前よりもいくぶん変わったものになっていた。

「問題は、お前が、皇女を手ごめにして、それで皇女を妊娠したと思いこませてしまったのだ、ということに出来たとして——おそらくは内密の法廷を開き——マライア皇后のときのようにだな——ごく内輪で裁きを下すことになるだろうが、お前がそのように、皇女のために都合のよいようにせっかく自白してくれたとしても、皇女自身がどのようにふるまうか、ということだな。だが、いまは錯乱しているが、それが落ち着けば彼女もいくらなんでもおのれのしたことの罪深さを知って、恐しくなるだろう。そうすれば、お前の犠牲を受け入れようと思う気持にもなってくれるだろうかな。——お前には気の毒だが、ムチを浴びて貰ったのは、お前が自分からべらべらと自白した、ということでは説得力がなさすぎるからな。拷問によって、やっと苦痛にたえかねて告白した、ということにしたかったのだ」

「俺などはどうなってもかまわぬ」

かなり、弱々しくなってきた口調で、パリスは繰り返した。

「俺とても——俺とても、心が痛んでいないわけではなかった。あのかた——あのかたがあまりに無茶をしすぎるとは、ずっと気にかかっていた。……あのかたは、だが、無茶をするかただ。ずっと……ずっといつも、物心ついてから、無茶ばかりされてきたのだ。俺がいかに……おとめしようとしても、俺のいうことなどきかれるものではなかった――それは、あのかたが、お小さいころから、誰にも……おのれを大事にするということを、教わることが出来なかったからだ。――俺は、そんなあのかたがふびんだった……愛していたわけではない。ただ、ただ……ふびんだっただけだ……」

ずっとおそらく、きわめて無口に過ごしてきたのであろうこの下僕は、突然に、まるで、一生分の思いを吐き出さずには死ぬものか、とでも思ったかのようだった。

もっとも、そのことばは、いかにもあまり自分からしゃべりたてるのに馴れておらぬ人間らしく、たどたどしかった上に、苦痛にともすればとぎれがちだったが、ハゾスは黙ってそのことばに耳を傾けていた。

「俺は……俺などでは……どうにもなるものではないが……あのかたに、ほんのちょっとだけ……自分を大切にしてほしかっただけだ……だが、あのかたはいつもいつも……御自分を辛い、苦しいはめにおとしいれるようなことばかりしかなさらなかった。――ずっと、心をいためてきた……確かに、俺は、あのかたに命じられてあのかたを……何回か――だが、いたいたしくて、とても……あのかたの命じるように、むごくあつかったり、残酷に抱いて……そんなことはしたくなかった。出来なかった……それに、それを、あのかたが……快感だと思っていられるとも、信じられなかった。あのかたは、いつだって、本人は快楽の絶頂をきわめていると信じているときでも、とてもとても苦しそうで――辛そうで、まるでわざわざおのれをいためつけているとしか……俺には見えなかったのだから……なんてかわいそうなかただろう。どうやって――自分を大切にしていいか、あのかたは知らなかっただけだ。あのかたは……俺にはいつだって、幼い子供のように――四つか五つの童女のようにがんぜなく、あどけなく見えた……」

「もう、わかった」

ハゾスは、眉をよせて、さえぎった。

「もういい。思いのたけをぶちまけるのは、秘密法廷までとっておけ。そのほうが、二度繰り返すよりも説得力を増すだろう。――だが、せっかくお前がそうして自己犠牲を捧げる気になってくれても、問題はシルヴィア皇女のほうだな。はたして、皇女が、おとなしく、お前に手ごめにされて、それで妊娠したと信じたが、じっさいには想像妊娠だった、という筋書きを受け入れてくれるかどうか――心配なのはそれだけだ。あのクララという女官については……」

（まあ、なかなかに、口の軽い女のようではあるし……あの女は、秘密法廷になど引き出すのはとんでもないな。その前に、食事に何かまぜて、喋れぬようになってもらうほかはないだろうな……）

そのような、あまり正当でない行動も、ハゾスにとってはあまり愉快ではない。いや、おおいに、本性には反している。

だが、このさいは、仕方がない——とハゾスはおのれに言い聞かせた。

（ともあれ、俺はケイロニアの宰相だ。——なんとかして、ケイロニアを守らなくてはならぬ。ケイロニアと、ケイロニア皇帝家を……その体面と、長年保たれてきた気高く気品ある、誇り高いこの皇帝家の名誉を……）

（くそ、あまりにいうことをきかぬようなら、いっそのこと、それこそ皇女ももう——いのちまではどうこうはできぬまでも、カストールに頼んで、まともに口が聞けぬような状態にしてもらうのが……眠りっぱなしでもいいが、それが一番いいのだがな……グイン陛下が納得さえしてくだされればいいのだが——その秘密法廷に、なんとかして、パリスだけですませることが出来れば……シルヴィア皇女は体調が悪化して、法廷には引き出せぬが、すべての証拠はそろっている、ということに出来れば……それが一番いいのだが……）

「頼む」

かすれた声で、パリスが云った。その声で、あれこれと物思いにふけっていたハゾスは、我にかえった。

「何だ」

「ひとつだけ——ひとつだけ教えて欲しいことがあるのだ……」

「何だ？　ことによっては、答えてやらんでもないが」

「その子供……」

パリスの醜い、血で汚れた顔が、どす黒く染まってゆがんだ。

「その子供は……シルヴィアさまの産み落とした子供は……本当に——本当に殺してしまったのか。ハゾス宰相……あなたは、公明正大で……慈悲深いかただと——ケイロニアじゅうで評判の徳高いかただ……そのあなたが、産褥から取り上げた、いたいけな赤児を……本当に、その手で殺してしまったのか……」

「私の手にかけたりはせぬ」

けわしく、ハゾスは答えた。動揺を悟られぬよう、厳しい表情になっていた。

「ただ、そのあと乳をやったり、あたためてやったりせず、放置しておくよう、命じただけだ。——早産で生まれたので、普通より小さかった上に、母親があのような——ひどい状態でずっと腹に持っていたからだろう、からだのほうもだいぶんひよわいようだった。何も手をかけずとも、そのまま、泣き声もたてることなく、いってしまった。——丁重に弔って葬ってやったぞ。それだけだ」

「俺の子でないことはわかっていたが……」

パリスは、呻くようにつぶやいた。うちのめされ、うちひしがれてしまったように見えた。

「なんだか……俺の種のような気がしていた。——もし本当に俺の子だったらどんなだろうと——ずっと想像していた。……ふびんな赤児、ふびんな……」

そして、ハゾスがひどく驚いたことに、パリスは、そのまま、両腕に顔を埋めて、啜り泣きはじめた。

ハゾスはひどく複雑な気持ちでパリスを見下ろしていた。それから、マックスをふりかえって、もう行くぞ、と合図をした。

(あとはただ、シルヴィア皇女の説得だけだな——だが、これがとてつもなく難航しそうだが)

ハゾスの胸は、まだ半分がたしか、晴れたとはとうてい云えなかった。

4

だが、シルヴィア皇女を説得する前に、ハゾスは、もうひとり、もっと手間のかかる相手がひそんでいたのを失念していたのだった。

「閣下。大変でございます」

ハゾスが、もう一度シルヴィアの様子を見に行って、もしもちょっとでも落ち着いているようだったら、パリスの自己犠牲の話を説き聞かせて、シルヴィアをさとそうか、と考えて、パリスの牢獄を出たとたんだった。

もう、とっくに深更をまわっている。血相をかえてかけつけてきたのは、この塔の入口の見張りにたてておいた、ランゴバルド侯騎士団の精鋭の騎士だった。

「何事だ、ルイス。血相をかえて」

「あの、陛下が、グイン陛下が直接この塔に参られまして、是が非でもシルヴィア陛下に会わせてほしいと……なんとかして、とりあえず、ご容態については我々警護のものは何も存ぜぬので、ハゾス閣下をお呼びいたしますと、言いつくろって控えの小部屋にお待ちいただいておりますが……」

「なんだと」

ハゾスはあわてた。まさか、直接にグインがここにやってくるとは思わなかったのだ。第一、グインには、シルヴィアは王妃宮で静養させているようにとりつくろってある。この、牢獄である東の塔をどうしてグインがかぎあてたのか、意外であった。

「わかった。すぐゆく」

あわてて、その小部屋に入ってゆく。それは、塔の一階の、入口を入ってすぐにもうけられた、囚人に面会を申し出る者を待たせておく小部屋だった。あまり立派なこしらえでない小部屋のなかに、椅子にかけて、黙然と、供の者さえ連れぬまま、グインはマントに身をつつみ、腰掛けていた。

「陛下！」

ハゾスはあわてふためいて駈け寄った。

「どうして、こちらにおいでになりました！　おおせいただければいつでもわたくしから参上いたしますのに。第一、どうして、ここにおいでとおわかりになりましたので」

「おぬしが、なかなかにシルヴィアと会わせてくれようとせぬので――」

グインは、いくぶん困惑しているようにも、また多少気を悪くしているようにも見えた。ハゾスはくちびるを嚙んだ。

「それで、ちと辛抱がなりかねて、ともかくもシルヴィアに会ってみよう、会って話せばわかることもあろうと思って王妃宮にいったのだが、おぬしが、王妃宮を閉鎖し、シルヴィアはもうどこかへ連れ去られているときかされた。王妃宮の使用人どももみな軟禁されているようだな。これはどうやら、何かあるようだ――何もなくそのような行動には出ないおぬしだと思ったのでな」

「………」

しまった、とハゾスはひそかに心中うめいていた。

(シルヴィア皇女への愛情で多少、判断が甘くなったり、気持が揺らいでいると思って、舐めてしまったかな、陛下の判断力を。――やはりこのかたは俺の敬愛するケイロニアの豹頭王だということを、もっとちゃんと考えにいれておくべきだった)

もっと、早くにこちらのほうにも対処しなくてはならなかったのだ。だが、そんな時間もなかった。ハゾスはちょっとうつむいた。

「は、それは……御報告が遅れまして……」

「報告はどうでもよいが――ハゾス」

かなり、グインがハゾスに出すとしては厳しい声だった。ハゾスはちょっと内心身をちぢめた。

「おぬし、俺に、何を隠している?」

「隠し——隠してとは、とんでもない……」

「おぬしらしくもない。確かにこの件については俺はおぬしに処理を一任してしまったし、いろいろとだらしのないところも見せたかもしれぬが、しかしつまるところ、これは俺の個人的な——俺の家庭のことだぞ。おぬしが全部かぶってくれることはない。——シルヴィアが想像妊娠をし、想像出産をしたとおぬしは云った。それは、今日の午前にカストール博士とも会って、確認をしたので、間違いはなかろう。おぬしがそこまで、俺をたばかるとは思わぬ。だが、それについては——何かその原因についてはおぬしは俺に隠しているな。王妃宮のなかから、何人かが連れ去られて、この牢舎の塔へ幽閉された、ということを王妃宮の残された、身分の低い使用人が教えてくれた。女官どもは全員軟禁されて、誰にも会うことも禁止され、禁足状態になっているそうだな。——そこまでするほどの何があった。ただの想像妊娠というならば、シルヴィアとても、そこまでは錯乱もするまい。シルヴィアには、本当は何があった。——それに、俺は、そうして側近を幽閉したのならば、おそらくは公務あけのこの時間におぬしがその側近の訊問でもしているかとあてずっぽうでこの東の塔までやってきてみたのだ。——そしてここで聞いてみたところ、なんと、シルヴィアもこの塔に軟禁されている、ということを聞かされた。——それは俺には予想外だった。俺はシルヴィアは王妃宮にいるのだとばかり思っていたのだ。それは、どういうことなのだ、ランゴバルド侯ハゾス?」

「それは……」

ハゾスはとっさに腹をくくった。

ハゾスはもうグインについてはよく知っている。グインがこのように行動するときには、なまじな隠し立てやいつわりなどは通じない、ということもだ。

「申し訳もございませぬ」

ハゾスは頭を下げた。

「シルヴィアさまにつきましては……大変錯乱されておられ——また、王妃宮にそのままおとどめしておくと、王妃宮の女官どもをみな禁固処分にしてしまったこともあり、お身まわりの世話をするものがおらず、お手当もままならぬ、ということもございました。——また、もうひとつには、どうあっても、シルヴィアさまのなされたことを、黒曜宮宮廷には知られてはならぬ、ということもあり、それがしの一存にてこのようにはからってしまいました。陛下にお伺いをたてませんでしたこと、お許し下さい」

「もとよりおぬしに一任したことだ。おぬしが正しいと思ってした処置ならば、かれこれ俺が口を出すことでもないが」

グインは鋭い、射るようなトパーズ色の目でハゾスを見つめた。

「だが、シルヴィアが子が欲しさのあまり想像妊娠した、というだけであったら、それはべつだん、宮廷内に知られたところで、哀れでこそあれ、心の病と思われこそすれ、シルヴィアの不名誉になることでも、またケイロニア皇帝家の体面を汚すことでもあるまい。何があった。おぬしが、シルヴィアをここに監禁して、隔離せねばならぬ、と思うような、何が」

「――陛下。ここではあまりに」

ハゾスは声を低めた。

「まだ、外に警護の者もおります。――おそれながら、いったんここを出て、陛下のお居間でお話は出来ませぬか」

「……………よかろう」

しばらく考えてから、グインはうなづいた。

「それでは、俺の居間に戻るとしよう。だが、もしも、おぬしのことばに得心がゆかねば、俺はそのまままたこの塔に戻り、シルヴィアに会わせて貰うよう要求するが、そう思ってくれ」

「それはもう――ただ、これは決して陛下のお目をごまかしたり、陛下をないがしろにするというようなことではなく、本当に、シルヴィアさまのご容態はかなりお悪く――まだ錯乱が続いておられますので……」

「おぬしは確か昨日の朝は、だいぶシルヴィアが落ち着いてきた、といっていたようだぞ」

グインは云った。強い、責める語気はこもってはいなかったが、ハゾスは背中に少し、冷たいものがにじむのを感じた。

「それは——」

「なあ、ハゾス・アンタイオス。俺はおぬしとはもうずいぶんと長いつきあいだし、それにこよなくおぬしのことを信頼してもいる。その俺に対して、何か隠し立てするようなふるまいをおぬしがするとは思わぬ。おぬしがそのようにふるまうなら、それはおそらくおぬしにはどうしてもそうせねばならぬ理由があるのだ。だが、その理由についてだけでも聞かせてくれることが出来るものなら、聞かせてくれぬか。でなければ、俺は、おのれが何を信じていていいのかさえもわからなくなってしまう」

「申し訳ございませぬ」

ハゾスは腹をきめた。

「それでは、ここへはお馬車で参られましたか？　御一緒させていただいてよろしければ、戻りつつちょっとお話申し上げたいことが——むろん肝心のことについては、お人払いの出来る場所についてからといたしとうございますが」

「ああ、馬車だ。乗ってゆくがいい」

「有難うございます。それではご陪乗させていただきます」

ハゾスは内心あれこれと考えをめぐらしながら、グインの乗ってきた二頭だての馬車に乗るまでのあいだに、いろいろと腹を決めた。

「失礼いたします」

《竜の歯部隊》の精鋭らしい精悍な騎士が御者をつとめている御座馬車に乗り込んで、馬車が主宮殿めざして走り出すと同時に、ハゾスは低く云った。

「シルヴィア陛下のことについては、陛下をまどわすようなことを申し上げて失礼いたしましたが、シルヴィアさまがかなりいったん落ち着いておられたのは、嘘いつわりではございません。ただ、その――さきほど、それがしがお顔だししたのが、どうもよろしくなかったようで」

「というと」

「最初は落ち着いて、穏やかに話をしておられたのですが――それで、御妊娠、出産はすべて想像だったのだ、というお話をいたしまして、最初は納得しておられたように見えたのですが――それがしのいった何がまずかったのでしょうか、またしだいに錯乱しはじめられてしまい――さいごは激昂されて、またしても、それがしがその子供を連れ去ったのだ、それがしがすべて悪いのだ、すべてはランゴバルド侯ハゾスのたくらみなのだと怒鳴られて、水差しを叩きつけられました」

「おぬしにか」

「さようでございます。まあ、身をよけましたので、何も被害はございませんで、ただ服がいささか濡れた程度でございましたが――どうも、それがしの顔をみると激昂されてしまうようになられたのか……それまで、カストール博士の助手も、もうずいぶん落ち着いてこられたといっていましたので、それでもうよかろうとお話をしに参ったのですが、それがよくなかったらしく、また症状というか、御様子が逆戻りしてしまわれました。考えなしに顔を出しまして、治療の邪魔になるようなことをしでかしてしまい、まことに申し訳もございませぬ」

「なるほどな――」

グインは、じっと何か考えているように、馬車の振動に身をまかせていた。

そのまま、馬車が主宮殿の通用口につくまで、二人は何も喋らなかった。そのまま、回廊を通って、建物に入ってゆき、二階の、ケイロニア王の居室まで戻ってゆく。大股のグインに、ハゾスはついてゆくのに骨を折った。

「昼間の公務が終わってから、貴重なわずかばかりの自由時間をさいて、すべてこの件にあててくれているのはまことに申し訳もない」

室に入ってゆき、人払いを申しつけると、グインはうっそりと云った。

「とんでもない。これしき、何でもございませぬ。それより、陛下こそ、このような深夜までおやすみになれなくては、毎朝早い謁見の行事のおありになること、さぞかしおからだにさわり、お疲れになられましょうに」

「俺などは何でもない。丈夫だけが取り柄だからな。――だが、シルヴィアを人目にふれさせたくなくとも、獄舎の塔に幽閉する、というのは尋常ではない。――何かよほど、その叫び声をひとにきかれてはならぬような、そんな事情でもあったのではないのか。もう、何を聞いても驚かぬ。すべてを、正直にありのままに話してくれぬか。――おぬしが、俺のうける打撃を庇ってくれているのかもしれぬことはよくわかる。だが、それはかえっていまのままでは俺には辛い」

「はい。わたくしも、どうもおのれが考え違いをしていたのではないか、と考えはじめていたところでございました」

ハゾスは云った。

「このような話、陛下に何があろうとお聞かせしたくない、なんとかして、陛下のお耳にいれぬまま片付けたい――おのれの才覚だけでなんとか処理したいと思うあまり、まことに陛下のお心にはどのようにひびくか、ということを忘れていたかもしれませぬ」

「シルヴィアは、想像妊娠ではなかった、ということか？」

「いえ」

ハゾスは語気を強めた。

「それは、まことでございます。カストール博士にも、たださされたのでございましょう？」

「ああ。カストールの人柄は知っている。あれは嘘などつかぬ男だと思っている」

「たしかにきわめてまれなお話ではございますが、まことに想像妊娠であられたようでございまして――どこにも、赤児は存在していなかったのでございます。シルヴィアさまのお心のなか以外には。ただ……」

「……」

「その――きっかけとなったことにつきまして……このようなこと、申し上げたくはございませぬが……」

「何でもかまわぬ。はっきりと云ってくれ」

「シルヴィアさまは――その――陛下がおられぬあいだ、もともと心弱いおかたでございますし――そしてまた、長い陛下のご不在を、おひとりで耐えるだけの――まわりにも、それをお支えするだけの女官ども、同性の友だの、腹心だのというものもおられなかったのでございましょう。――シルヴィアさまには、グイン陛下がおいでにならなかった期間、御自分がひとりぼっちだと感じておられた時間が、ほんの少々――長すぎたのだと思います」

「誰か――愛人を作ったか」

「……」

ハゾスは黙ってうなづいた。

「その——愛人とのあいだに、子供を作ってしまった、ということだったのか」

「いえ——ですから、お子はおられませぬ」

ハゾスは声を、外にきかれるのを恐れつつも可能なかぎり強めた。

「お子がおられる、と信じておられたのは、シルヴィアさまの御想像だけです。シルヴィアさまはおからだが弱すぎて、まともに妊娠などすることは出来ぬおからだなのだ、とカストールが申しておりませんでしたか。シルヴィアさまは、もし本当に妊娠し、出産することがあれば、かなりひどい打撃をそのおからだに受けて、長いあいだ床につかなくてはならぬだろうと。——ましてや、もしまことの妊娠であれば、かなりの早産でございますから、それでは母子ともにとうていすこやかに無事にとはゆきますまい、とこれもカストールが」

「……………」

「シルヴィアさまは、かなり錯乱しておられます。——それがしの興奮させてしまったせいもむろんありましたが、それ以前から、すでに、相当にお心を動揺のあまり病んでおられたのだと思います。——その動揺から、グイン陛下がもう、御自分を見捨ててしまわれたのだと信じて……」

「誰だ？」

ゆっくりと、グインは聞いた。

ハゾスは、息をのみこんだ。

「はあ……」

「云ってくれ。何も知らぬより、真実がどれほど辛いものであっても、それに直面したほうがどれだけかましだ。教えてくれ。俺はあれの夫なのだ。真実を知る権利がある。――確かに俺はあれを、あれがそのように心弱いと知りながらこのサイロンにひとり置き去りにした。その責任もある――あれが、誰か、俺にかわっておのれの心を支え、寂しさを満たしてくれる男を見出してしまったとしても、なぜ俺に責められよう。――その男というのは、わかっているのか。おぬしが何人か王妃宮の使用人を連れ去って獄舎の塔に監禁し、責め問いにかけている、ときかされて、なんとなく、そのようなことではないのかとぴんとくるものはあった。――そうなのか。その相手というのは、シルヴィアの側近なのか」

「――御意」

「もしかしてそれは――名前は忘れてしまったが……」

グインが、ふいに、何か遠い記憶をたぐるかのように、目を細めた。

「あの男ではないか。あの男――なんといっただろう。前に、何回か――会ったことがある。まだ、はるかな昔――俺がまだ百竜長でしかなかったころだ。おぬしがマライア皇后の手のものに刺殺されかけたり――バルドゥール子爵がシルヴィア姫に求婚したりしていたころのことだ――なんだかそのように口にしてみると、まるで……」

グインは一瞬、目をとじた。

「まるで、もう十年以上も昔のような――いや、百年も昔のことのような気がするな。……祭りの夜のサイロン。――にぎやかに行われた、アキレウス大帝の即位三十年式典の夜――パロの使節たちも、沿海州の使節たちもいて、にぎやかだった。――そうだ、俺はあの夜にはじめてヴァレリウスに会って、とんだひょうきん者だと思ったものだ。あのときには、まさか、そのひょうきん者の魔道師が、のちにパロの宰相になろうなど、夢にも想像もつかなかったものだが……」

「確かに、そのようなこともあったかもしれませぬ」

用心しいしい、ハゾスは答えた。

「確かに――まるで、十年も前のように思われますな。……陛下と、はじめてお目にかかったときのことも、そうかと思うとまるできのうのことのようです」

「パリス」

ふいにグインがはっきりと云ったので、ハゾスはぎくりと身をこわばらせた。

「思い出した。そうだ――パリス。パリスといった。――シルヴィアの側近だったのか、御者かなにかであったか――かなりぶこつな感じの、若い男で……四角い顔をして、目の奥まって小さな――この男は、シルヴィア姫を愛しているのだな、と俺は思ったことがあった――思って、興味をひかれた。あれは、何のときだっただろう。その男が俺に斬りかかってきたこともあった。むろん、簡単にかわしてしまったが――あれは、バルドゥール子爵が、シルヴィア姫を無理無体に手籠めにしようとして――俺がたまたま、その場に居合わせてしまった折のことではなかったか。……だがその若者が、どんなにシルヴィア皇女を愛して、崇拝しているかということは、俺にはその目つきだけでわかったものだ。――むろん、あれのまわりにもさまざまな人間関係がある。たまたま俺の知っている、あれの側近の若い男、というのが、その男だけだったからかもしれぬ。だが――」

「陛下のカンのするどさには、舌を巻くほかはございませぬ」

ハゾスはゆっくりと云った。心のなかでは、もう、こうなれば、シルヴィアを説得出来なかろうと、パリスのほうは承知なのだから、ともかくとことんそれで押し通すほかはない、と考えていた。

（ただ――もう一度、よくよくパリスと口裏をあわせておかぬと――このおかたをごまかすのは、なまなかなことでは決してすまぬだろうからな……むしろ、変にごまかそうとなどしたら、そのことですべてがばれてしまわないものでもない。とにかく、俺が何があろうと知られてはならぬのは、本当は、シルヴィア皇女の赤ん坊が生きている、ということと――そして、その本当の父は誰か――というよりむしろ、本当の父親というものは存在しておらぬ、それほどの乱行のなかから宿されてしまった、呪われたいのちだったのだ、というこの二点だけだ……）

（本当にパリスの子であったのなら、ずいぶんと始末がよかったのだが——！　だがもうそんなことは云ってもしかたがない……）

「やはりか」

グインは、のろのろと云った。彼がどのような苦痛を感じているのか、それとも激怒しているのか、苦悶しているのか、それはこの豹頭のごくわずかな変化を見慣れたハゾスにさえ、わからなかった。

「やはり、そのようなことか。——だとしたら、だが、きっとそれは俺が悪いのだ。シルヴィアのせいではない。——俺が、あれを、そういうたよりない心しか持っておらぬと知りながら、長いあいだ放置しておいたのだ……そして、あれに、この上もなく寂しい思い、心細い思いをさせ、そして——」

「陛下」

たまりかねて、ハゾスはさえぎった。

「たとえ、どのような落ち度がおありになったにせよ、陛下には、シルヴィアさまが不倫の恋に走り、想像妊娠をされたことについての責任など、かけらほども感じられる理由など、ございませんぞ。——シルヴィアさまは、してはならぬことをなさったのです。

有夫の身でありながら、夫の長い留守の寂しさに、身分いやしき側近の御者ごときに身をまかせ、そして——」

「その男をとらえたのか、ハゾス」

「さようでございます。勿論ではございませんか。——いったい、そのシルヴィアさまがそのように妊娠したと思いこむような原因を作ったのは誰か、ということは、王妃宮の女官どもの口からすぐに明らかになりました。このような話が外にもれては大変と、ただちに女官どもは監禁し——気に入りの腰元は連れてきて糾明し、そのパリスという下僕がシルヴィアさまの御寝所に何回も忍んでいた、という話を告白させました。——それで、続いてそのパリスというものをひっとらえ、厳しく糾問いたしましたところ、最初は強情をはっておりましたが、やがて拷問の苦痛にたまりかね、すべてを白状いたしました。——この男と、シルヴィアさまは通じておられたのでございます。このようなことを陛下に申し上げるのは、ハゾス、断腸の思いでございますが……」

「その男に、会わせてくれぬか」

グインはゆっくりと云った。

「会ってみたい。それに、シルヴィアもだ。——いや、止めるな、ハゾス。酔狂でいっているこことではない。俺は、知りたいのだ。——俺の妻の身の上に起きたことなのだからな。本当のことを、すべて、正確に知りたいのだ。それもまた、俺の不在がもたらした罪であったのだから」

第四話　苦　悩

1

「とてものことに、おすすめしたい気分とは申せませぬが……」

ハゾスは憮然として云った。憮然とした様子をとりつくろう必要などまったくなかった。しんそこ、憮然とした気分だったのだ。

「陛下はもはや、そうでなくば得心されぬのでございましょうな？」

「その通りだ、ハゾス。当然だろう、これは、俺と、俺の妻のことなのだぞ」

「さようでもございましょうが――しかし、ひとつ申し上げておきたいことがございます」

「何だ、ハゾス」

「シルヴィアさまは、錯乱しておられますぞ。――これだけは、しかとお心に刻んでおいていただかねばなりませぬ。シルヴィアさまは、正気ではおありになりませぬ。――

いや、相当、それがしがお話をきいてさえ、狂っておいでになると思います。……そのおことばは相当正気の沙汰ではない、というか、支離滅裂で、まったく――どこからどこまで、想像の世界、妄想の世界のなかをさまよっておられるとしか思えませんぞ」

「……」

グインは、じっと、ハゾスのそのことばについて、考えているふうだった。

それから、ややあって、やっと重く口を開いた。

「わかった。それは、では、俺がしかと記憶しておけばいいのだろう。そのことを――シルヴィアが錯乱しているのだ、ということを。そして、俺が刺激せぬようにすればよいわけだな」

「本当は、もうちょっと、陛下には、我慢をしていていただき、シルヴィアさまが本当に落ち着かれて、正気を取り戻されてからお会いになるほうが、シルヴィアさまのご容態のためにも、早いご回復のためにもよろしいかと思うのですが」

ハゾスはいちるの望みをかけて云った。

「もうちょっとだけ、お時間を頂戴することができれば――パリスの地下牢には、すぐにおおせのとおりにお連れいたしますから……しかし、シルヴィアさまのほうは……」

「たとえ錯乱していてもかまわぬ」

だが、グインのことばは、ハゾスのひそかな希望をまっこうから打ち砕いた。

「俺が会うことが、そんなにシルヴィアの容態のさまたげになるというのだったら、カストールと相談して、そのいうとおりにごく短時間でも、またシルヴィアを刺激せぬよう何も口をきかぬという約束でもよい。ともかく、あれがいまどうしているか、ひと目でよいから見たい。——俺にとっては、二世を誓った妻なのだ。それが病んでいるとあれば——それがからだであれ心であれ、俺がみとって、看病してやるのこそ、夫の——ことにずっと不在であった夫として、唯一正しいなすべきことではないか？　俺にはそう思われてならぬのだが……」

「ウーム……」

ハゾスは唸った。だが、それ以上、グインの希望をそらそうとすると、逆にグインに、何かハゾスが言い張っている以上の奥深い事情がひそんでいることを感づかれはせぬかとおそれた。たとえ女性に対してはうぶであろうとも、そのような意味では、グインはかなりカンが鋭いのだ。

「わかりました。では、ともあれカストール博士がなんとおおせになるかをきいてから、ということでよろしゅうございますか？　それと、くどいようでございますが……くれぐれも、シルヴィアさまは錯乱しておられて、ほとんどうわごとのようなことをずっと云っておられる——それがしが聞いていても、とうてい正気の沙汰とは思われず、妄想を口走っておられるようだ、ということだけは、覚えておいていただけたらと思うのでございますが……」

「それはもう、わかった。俺が、シルヴィアが何を口走って俺を責めたり、罵ったりしようと、驚かず、激さずにいればよい、ということを云いたいのだろう、おぬしは。そのつもりでいる――決して、シルヴィアが云うことばに逆上していっそうシルヴィアの具合を悪くするようなおろかな真似はせぬ。だから、ともかく、ひと目でもいい。シルヴィアに会わせてくれ」

「――かしこまりました。しかし、ともかく、カストール博士にお伺いをたてることだけはお許し下さい」

ハゾスは、ひそかに、カストールに頼んで、シルヴィアに一服盛ってもらい、眠らせてしまう時間はないものだろうか、と陰謀をめぐらせていた。シルヴィアは、グインを見れば必ず逆上するだろう――もし最初はしなかったとしても、話をしているうちには必ず逆上して、錯乱するだろうし、そうしたら、また、あのハゾスを凍り付かせたような恐しい、おぞましいおのれの所業をあたかも誇るかのように叫びはじめるのではないか、とハゾスは深刻に恐れていた。

（だが……）

《黒衣のロベルト》の口にしたことばが、ハゾスの耳に、妙に印象深く残っている。

（しかし、どのようなときでも、どれほど辛い真実であれ――いえ、真実が辛いもので

あればあるほど、勇者をしてそれに直面せしめぬことは間違っている、というのが、わたくしの考えです)

ロベルトはそう云ったのだった。

(これはロベルトの考えにすぎませんが、本当は、グイン陛下は、シルヴィアさまが本当はどうなっておられたのか、もっとも早くに、真実をすべて知られるべき権利と義務をお持ちだったのですよ)

そのとき、ハゾスは、うまく答えることが出来ないままに、狼狽をおしかくしていたのだ。

(俺のしたことは——俺の処置のしかたは、間違っていただろうか。何か——だが、何が……)

この大ケイロニアの宰相としてならば、これまで、それは確かに何もかも間違ったことひとつしたことはない、とまでは断言出来ないけれども、おおむねのところでは失政はおかしたことがない、と胸を張って云えると思う。

それに、ひとりの男性としても、人間としても、家長としても、またランゴバルド侯としても、ハゾスは、おのれの人生が間違っていた——などと感じたことはこれまでに一回もなかった。ごく若いころから天下の切れ者として評判をとり、どんどん重責ある任務を与えられ、それにこたえて才能をいかんなく発揮してきた。おのれの人生にかげりも、また大きな挫折をも感じたことはない。

（だがどれだけ考えても――やはり、俺は……シルヴィア皇女のあんな行跡を、敬愛する陛下に知らせたりすることはしたくなかった……）

ロベルトがシルヴィアに同情的であったのが、ハゾスには、腹立たしいと同時に奇妙な不安を誘ってやまなかった。同時に、めったに感じたことのないような、妙な心もとなさをおのれが感じているのに当惑した。

「それでは、パリスの牢にご案内申し上げましょうか。いますぐでないほうがよろしければ、陛下のご都合のよろしいときにいたしますが……」

「ああ、いや、いまはもう何も都合はない。いまにしてくれ。折角そのために時間をあけたのだ」

「はい。では、ご案内致します」

グインは、それ以上、ハゾスがシルヴィアを「なぜこともあろうに牢舎の塔に幽閉したのか」を追及しようとしなかったので、ハゾスは少しほっとして、グインを再び東の塔へとともなうと、地下牢にむかう階段を先に立って下りた。

「少しここでお待ち下さい。牢のようすを見て参ります」

ことわって、グインをその階層の入口に待たせ、急いでパリスの地下牢に戻ってゆく。

ドアをノックすると牢番がカギをあけた。

秘書官のマックスが、パリスの見張りをしており、パリスは寝台の上で、なかば自失しているかのようにうずくまっていた。パリスは急いでマックスを呼び寄せた。

「いま、グイン陛下がもうここの階の入口にきておられる。これから、私がグイン陛下の前でパリスに訊問をすることになる。お前は急いでカストール博士を捜し、とりあえずシルヴィア皇女に鎮静剤をなり差し上げて、陛下の前で皇女があまり激昂してあらぬことを口走ったりすることがないようにしてくれとお願いしておいてくれないか。このあと、陛下はたぶんシルヴィア皇女の牢にゆかれるから」

「かしこまりました」

マックスはのみこみよくうなづいて出ていった。ハゾスはパリスの寝台に近寄った。

「パリス。これ、パリス」

「ウ……」

苦しそうな呻き声が答える。その耳にハゾスは口をよせた。

「これから、グイン陛下がこの牢にこられる。お前は、さきに私と話をしたとおり、お前がシルヴィア皇女に長年横恋慕しており、そして皇女が陛下のおられぬ寂しさからついつい、お前の誘惑に落ちたのだ、という話を《自白》するのだ。皇女がサイロンの下町で名も知れぬ多数のいやしい男たちと乱交していた、などという話だけは決してグイン陛下のお耳にいれてはならぬ。――いいな。それが、お前がシルヴィア皇女を守るために一番よい方法だぞ」

「……」

苦しげな呻きだけがパリスの答えであった。

ハゾスはそのまま牢を出て、グインのもとに戻り、グインをパリスの牢へ案内した。牢番に外に出ていよ、と命じておいて、重たい二重扉をしめる。ゆったりと足首までのマントをつけたグインの巨体が入ってくると、狭い血なまぐさい、暗い地下牢はいちだんと狭くなったかのようだった。

「……」

グインは、うっそりと入口近くに立って、鉄の粗末な寝台の上に、かたいワラ布団の上に血塗れの背中をこちらに向けたまま、ぐったりとうずくまっているパリスを見下ろした。そのトパーズ色の目は、奇妙な無表情で、じっとおのれの妻を《寝取った》男を見つめている。

ハゾスはなんとなく、息詰まる思いで、戸口のところにしりぞき、いつでもことがあれば対処できるようにと身構えながらこの光景を見つめていた。

その光景にはだが、何か奇妙に心をうつものがあった。何故そのように感じるのか、ハゾスにはわからなかった——どこにも、崇高なものも、美しいものも、また感動的なものも存在しているとは思われなかったからである。むしろ、そこにあるのは、おぞましい、血なまぐさい地下牢であり、血塗られた、拷問された卑しい下僕の傷だらけで完膚無きまでに叩き殴られて生肉のようになった背中であり、たちこめる血とかびくさい湿気と、長年陰惨な用途にだけ使われてきた地下牢独特の悪臭であり、そしてそれを見下ろす豹頭王もまた、あやしくも普通の人間とはあまりにもかけはなれた異形であった。

グインはすっぽりとその雄大な体軀を黒いマントに包んでいた。ここまでやってくるのに、目立たぬように、という心遣いもあったのだろう。だが、フードはうしろにおろしていたので、王冠をつけておらぬその黄色い地に黒い斑点を浮かび上がらせた豹頭が、ちいさなろうそくのあかりだけがゆらめくこのぶきみな陰惨な地下牢のなかに、くっきりと浮かび上がっていた。その神話めいたすがたが、何かこの、異様な胸に迫る感覚をもたらすのだろうか——それはひたすら、この伝説的なケイロニアの英雄——ケイロニアの豹頭王がここに存在している、ということがもたらすものなのだろうか、とハゾスは思った。

そのとき、ゆっくりと、グインが口を開いた。

「パリス——といったな。確か、以前に何回か会っているはずだ」

「………」

パリスは何も答えない。呻き声も出さなくなっていた。グインが入ってきたのはむろんわかっているはずだが、そちらを振り向こうともしない。あるいは、ひどく傷が痛んで動くに動けないのかもしれぬ、とも思わせる。

「陛下にお答え申し上げろ。パリス」

ハゾスが声を荒げた。グインは巨大な片手をあげた。

「よい、ハゾス。——傷が痛むのだろう。だいぶひどくやられたようだな」

「なかなかの強情者でございますので」

ハゾスは内心ひやひやしながら云った。パリスが、どのような応対をするのか、もしも思いもよらぬような態度に出たらどうしようか、とそれも気になってたまらなかったのである。

「お前はもう、覚えておらぬかもしれぬが、俺は覚えている。お前は、シルヴィアがバルドゥールに手ごめにされかけていた夜の庭園で、俺がたまたまあらわれてシルヴィアを救うことになったとき、遅ればせにかけつけてきた。その様子を見て、俺は、この男はシルヴィア皇女を愛しているのだな、と思ったものだ」

「……………」

パリスははかばかしく答えぬ。だが、その口から、少し大きな呻き声らしいものが洩れた。

「パリス。豹頭王陛下にお答えを申し上げぬか。またムチをくらいたいか」

ハゾスは鋭く云った。すると、パリスの大きな頭が、苦しそうに動いて、やっとかすかにふりむいた。首をまげると、背中の傷にひびくようだった。

「俺——は……」

「お前はシルヴィアを昔から——たぶん俺などよりもずっと昔から、愛していたのだろう。そうではないのか」

「俺——は……」

パリスは苦しそうに呻いた。

「み——ず——水を……くれ……頼む……」

「またムチが欲しいのか。パリス」

鋭くハゾスは云ったが、グインがまたおしとどめた。

「水を飲ませてやれ。だいぶん、弱っているようだ」

「しかし陛下」

「苦しくて、口をきくどころではないのだろう。水を飲ませてやれ」

「はあ」

ハゾスは、扉のところにゆき、牢番に水を持ってきて飲ませてやるよう言いつけた。

牢番が大きな水さしを手に戻ってきて、それを小さな水飲みに少し注ぎ、パリスの口にさしつけると、パリスは苦しそうに顔を起こしたが、両手はまだ寝台の鉄枠にいましめられている。うつぶせたままで、うまく飲むことが出来ず、水は血まみれのワラ布団の上に大半がこぼれ落ちた。

「そのままでは飲めまい。吸呑みのようなものを探してきてやってくれ。牢番」

グインが云った。牢番はちょっとためらうようにハゾスを見てから、出ていって、いわれたとおり、吸呑みをとってきた。水を吸呑みにうつし、パリスの口にさしつけると、すでに血がかわいてひびわれはじめた唇で、パリスはむさぼるように飲み、二度、三度と水を欲しがった。よほど、渇いて、苦しかったようで、水を飲みおわると、からだじゅうのすべての息を吐き出すように呻く。

「少し、楽になったか。――お前が、シルヴィアと恋に落ちたという話を、ハゾスから聞いた。それはまことか」

ゆっくりと、グインは云った。どのように話を切りだしてよいものか、迷っているようにも見える。

「俺は――シルヴィアさまと……恋に落ちた……のではない……」

パリスは弱々しく、だがはっきりといった。ハゾスはちょっとびくっとしたが、それにつづいたパリスの言葉をきいて、ほっとからだの力を抜いた。

「俺は――ずっと……恐れ多いことながら……シルヴィアさまのことを……気に懸かって……ふびんでならぬと思っていた……だけだ。――誰もわかってやらず……愛してやらぬ、ふびんな少女だと思っていた――だが所詮、身分の違うおかただ――恋だなどと

——思ったことはない……」

「それがどうしてこうなったのだ！」

ハゾスは怒鳴りつけようとしたが、またグインが手をあげてとめた。グインはゆっくりと寝台に近寄り、そこにあった粗末な椅子をひきよせて、その上に腰をおろした。

「続けてくれ。恋に落ちたのではないのだったら、どのようなことだったのだ？」

「シルヴィアさまが——グイン王の長い不在で——苦しんでおられたから……お慰めしたかっただけだ。……シルヴィアさまも——あまりに——お寂しかったから……慰めてほしいと思われただけだ——べつだん、俺に恋をされたわけじゃない——そんなことは望まない——そんな、身の程知らずなことは……」

「では、シルヴィアが寂しそうだから、慰めてやりたい、と思ったのか」

「俺が——そうしなければ、もっと……シルヴィアさまは、無茶なこともなさりそうに思えた……」

パリスは苦しそうに息をついた。

「だから……俺がお慰めするほうが、まだマシではないかと思った……だが、シルヴィアさまは、最初から……俺など眼中におありにならぬことはよくわかっていたし——何も——何も望んではいない。何も望んではいなかった……シルヴィアさまと恋など……考えたこともない。ただ、俺は、シルヴィアさまをお慰めしようと……」

「シルヴィアは想像妊娠したそうだが、それは、お前は知っていたのか」

「………」

どう答えてよいものか、わからなかったのかもしれぬ。パリスは押し黙ってしまった。ハゾスも、自分がどのように介入するのが一番いいのか、よくわからず、当惑して黙っていた。

「怒っているのではない。お前を罰しようというつもりでもない。だから、答えてくれ」

グインは重い口調で云った。

「俺はただ知りたいだけだ。――俺がおらぬあいだに、シルヴィアの上に何が起こったのか。また、シルヴィアが何を考えていたのか、どのような日々を過ごしていたのか……それを、もうちょっとよく知りたいだけだ」

「何故だ」

かすれた、苦しそうな声だった。聞き取るために、グインは身をかがめなくてはならなかった。

「なんといった？」

「何故だ。――何故、知りたい……のだ……」

「それは、シルヴィアは俺の妻であり――俺は、あれの夫だからだ。俺は心ならずもあれを置いて長い不在を経なくてはならなかった。その間に、シルヴィアがどう思っていたのか、俺は知らなくてはならぬ」

「なら、何故――！」

弱々しかったパリスの声が、ふいに、大きくなった。

ハゾスははっとして、割り込もうとしたが、またグインに止められた。

「なら、何故、あれほど――あれほど、行かないでくれと懇願したのに、シルヴィアさまを置いていってしまったのだ！　あのかたは――あれほど……あれほど、ひとに置いてゆかれるのが嫌いなのに――いつもいつも、ひとに置いてゆかれ――母上にも、父上にも……そうやって見捨てられることに、子供のようにおそれを抱いておられるのに！なぜ、あのかたをむげに置いていった――何故だ」

「何を無茶をいっているのだ、パリス」

かっとなって、ハゾスは叫んだ。

「それが、公務であられたことくらい、王妃ともあろう身分にあってわからぬというのか。子供ではあるまいし――じっさいの話が、四、五歳の幼女ではないのだぞ。陛下は公務で、アキレウス大帝の御命令によりパロ遠征に出かけられ、その結果思いもよらぬ事故によってこんなに長いことご帰国ならず苦労なさったのだ！」

「よせ、ハゾス。そのようなことは、この男の――また、シルヴィアの知ったことではないだろう、ということは俺にもわかる」

グインは口重く云う。

「確かに、置いてゆきたくはなかったし、あれも、置いてゆかないでくれと――行ってしまわないでくれと頼んだ。だが、しかたなかった。俺は行かねばならなかったのだ」

「それならいっそ一緒にお連れになるなり――せめて手紙を出すなり……どうとでも、伝えようはあっただろう。あのかたを見捨てたのではないと！　だのに、あなたは、あのかたを置き去りにし、手紙のひとつさえ出してはやらなかったのだ」

パリスはこみあげる激昂に、背中の苦痛さえ忘れたかのように見えた。手首をいましめられていなかったら、グインに詰め寄っていたかもしれないとさえ見えた。事実、手首をぐいぐいと鉄の輪に引っ張られるのもかまわず、彼は激しく何回も手首を引っ張って、そこから手を抜こうとした――むろん、まったくそれはムダなこころみだったのだが。

「俺などでは、本当はシルヴィアさまのお心は慰められはせぬ。――そんなことだって、最初からわかっていた――あのかたは、あなたを愛しておられた。というよりも、やっと父親を見出した幼い子供のように、あなたに頼っておられたのだ。あなただけを頼りに、なんとかこの冷たい、酷い宮廷で生きてゆこうと思い直されておられた。あんなに何回も傷ついて、酷い目にあって――それでも、あなただけを頼りに……あなたが夫になられてから、みるみる元気になられたのに。あんなに嬉しそうな……幸せそうだったあのかたの姿は、あのかたがわずか五、六歳のときからおそばにいて、十歳になるならずから御者をつとめさせていただいている俺とても見たこともなかったくらいだったのに。どうして、遠征になどいってしまったのだ。どうして、こんなに長いこと不在のまま、あのかたの頼りないお心を放っておかれたのだ。どうして、あのかたをこんなに――こんなことにしてしまったのだ。どうして……」

パリスは、たえかねたように啜り泣きはじめた。

グインは黙然とそのパリスの激しながらも力無いことばを聞いていた。だが、ハゾスはかっとなった。

「何をいうか。だから、お前が陛下にかわって皇女をお慰めしようとしたとでもいうのか。心得違いもはなはだしい――ならば、なぜ、皇女に婦徳、淑徳をとき、たとえ寂しくとも公務についている夫の帰りまで、忍耐強く待っていることが貴婦人たるもの、ましてこの国第一等の貴婦人、ケイロニアの国母たるもののつとめだ、といさめはせなんだのだ。その心得違いのためにいまやお前はこのような目にあい、シルヴィア皇女も破滅に瀕し、そして罪もない陛下をこのようにお苦しめしているのではないか。とんでもない心得違いというものだぞ――」

「よせ、ハゾス」

グインは、耐えかねたように云った。

「きっと、この者のいうことが正しいのだろう。俺は確かに、もっとまめに手紙を出すこともできたし、あるいは、誰か信頼出来る女性に、俺にかわってシルヴィアの面倒を見てやって、その頼りない心を支えてやってくれと頼むことも出来たはずだった。確かに、俺は何もシルヴィアを心にかけてやっておらなんだ。それは俺のとがだ。——この男を責めるな。——もういい。この男の傷を手当てしてやり、もうこの上拷問責め問いにはかけんでやってくれ。この男はむしろ誠実にシルヴィアを想っていただけだ。俺はこの男をとがめる気にはなれぬ」

2

「陛下！」

思わず知らず、ハゾスはまた叫びそうになった。

「そのような——そのようなことを……」

「いや、本当だ。俺はおそらく、良人としてはあまりにつたなく、不器用で、かつ、おのれの気持を伝えることにたけておらなさすぎたのだろう。——そのために、かえってシルヴィアも、この男をも苦しめてしまうことになった。すまないと思っている」

「……」

その言葉をきくと、うたれたように、パリスは身をふるわせた。

そして、弱々しく首をねじって、グインを、なんとなく恐怖にかられたように見上げた。

その奥まった、暗い情念をたたえた目と、グインのトパーズ色の目とがあった。パリスは、またしても雷にうたれたように、たくましい、だが血まみれのからだをふるわせた。

「陛下……」

はじめて、パリスは、グインのことを、敬称で呼んだ。口調もがらりと変わっていた。

「どうか――とがは、罪はすべてこの……すべてこのパリスにございます。……シルヴィアさまには、何の罪もございませぬ……どうか、あのかたに……あのかたにだけは、おとがめなきよう……あのかたはただ……あのかたはただ、お寂しかっただけなのです――とても、とても寂しく、心細く……いつも、あのかたは――それは、こころもとない童女さながらの心しかお持ちでないのですから……」

「……」

それをきくと、グインは、一瞬黙っていた。

それから、ゆっくりと、首をふった。

「シルヴィアをとがめるつもりはない。むしろ、あれは、俺の不器用や、心づかぬために――気の毒な目にあわせたと思っている」

「……」

パリスは、また、低く歔欷をはじめた。だが、こんどの啜り泣きは、男泣き、といったようすにいたいたしく聞こえた。

「あのかたは――誰にも大人になることを教えられなかったのです。――あのかたの罪ではない……誰もがあのかたをないがしろにし、笑い者にし……置き去りにした。だから、あのかたは……だから、私は、あのかたを……私はあのかたを幸せにしてあげたかった。でも自分では、出来ないこともわかっていた――というより、あのかたが御自分でいつも……幸せになろうとすると、それを拒んでしまわれるように思えた……すべては、俺の力が足りなかったせいだ。何もかも、おとめしたり――ちゃんとおいさめしたり、あのかたを……幸せにしたりできなかった俺のせいだ。だから、どのような――俺のからだなど、どのような目にあってもかまいません。ただ、あのかたは――あのかただけは……」

「パリス」

「八つ裂きにでも、車裂きでも――さかさはりつけでも火あぶりでも、どのようなむごい処刑を受けようと、俺はかまわぬ――ケイロニア皇帝の息女、ケイロニア王の王妃を――誘惑し、手ごめにした極悪人として……どのような酷い拷問と処刑を受けても、いといはせぬ。……すべて俺のせいだ――俺のせいなのだから――そのかわり、どうか、あのかたは――シルヴィアさまだけは、おとがめなく――どうか――」

「もうよい」

グインは、沈痛に云った。

「シルヴィアを罰するつもりはない。安心していろ。シルヴィアを罰する資格など、俺にはない。——俺は、シルヴィアの気持ちが知りたかっただけだ。……もうよい。ハゾス、手間をとらせたな。もう行く。——この男は、手当をして、もう少し楽にしてやってくれ。これだけシルヴィアを想ってくれているのだ。この上、責め問いにかける理由とてもあるまい」

「陛下——」

グインは、もう、パリスには声をかけず、そのまま立ち上がった。なんとなく、心乱れた思いをかみしめるように、ゆっくりとマントをひるがえし、牢の外に出てゆく。あわててハゾスは続こうとしたが、思い直して一瞬寝台に寄った。

「一応、よくやってくれたと云っておこう」

ハゾスは囁いた。

「もう、痛み責めにかけはせぬ。お前をどうするかは陛下とご相談の上決める。心やすらかに処分を待っていろ」

言い終えると、急いであとを追って牢を出、牢番に、パリスに傷を洗って手当してやり、もうちょっと柔らかい布団に寝かせてやすませてやるように命じておいて、グインに追いすがる。階段のところで、グインはハゾスを待っていた。

「あの男を、どのようにするつもりだ、ハゾス」

「は——それは、一国の皇女、ケイロニア王の王妃たるかたに不義密通をしかけた重罪人でございますから――秘密法廷にて裁判の上、やはり処刑はまぬかれまいかと……」

「あの男は、俺には、シルヴィアの周辺にいたたったひとりの忠義者のように思われる」

グインは憮然としたようすで云った。

「おそらく、ああいうようにシルヴィアをふびんだと思ってくれるものが、女でさえあったなら、何の問題もなかったのだろう。――あるいはまた、そう思ってくれるのが貴族の子弟であったり――そうすればシルヴィアはあの男と結婚すれば一生幸せになれたはずだ。また、もうちょっとだけ、シルヴィアが分別がありさえしたら――それを思うと、あの男をむげに処刑してしまうのは、あまりにしのびないように俺には思われるのだが……」

「しかし、現実には、あの男はいやしい馬丁でございますし、シルヴィアさまを誘惑し、不義密通の罪をおかさせてしまったことには、何の違いもございませぬぞ」

ハゾスはいやそうに云った。

「しかし陛下がそのようにあわれをおかけになるようでしたら、それこそ、私とても、好きこのんで血を見たいなどというわけでもなし、あの男が申しておりましたように、八つ裂きだの車裂きだの、火あぶりだのさかさはりつけだのというような、パロ好み、キタイ好みの残虐な処刑などはいたす理由もございませぬ。それに、私としては、ことはなにしろ陛下ご夫妻のご名誉にかかわることでございますから、なるべく穏便に、秘密裡に処理したいと思っております。——なるべく、楽なように処刑してやるくらいのことは出来るかと思いますが……」

「あの男は、ただシルヴィアを慰めようと思っただけだ、と云っていた」

グインは重い息をしぼりだすように云った。

「あの男は、俺がしてやれなかったことを、俺のかわりにしようとしただけだ。——あの男が処刑されるのなら、俺とても処罰を受けなくてはならぬようにさえ、俺には思われるのだが」

「何をおっしゃいます」

ハゾスは驚いて声をあげそうになり、あわてておのれをおさえた。

「いったい陛下に何の処罰を受ける理由があるとおっしゃるのです。陛下はあの吟遊詩人のサーガが歌う、鹿にされた男コリオスのように長いあいだふるさとから切り離されておられ、そして戻ってきたら妻が隣人の妻になっていたという——あのコリオスのような目におあいになっただけではございませんか。なんだって、陛下はそのようにお考えになることやら……」

「俺には負い目があるからだよ、ハゾス」

重たく、グインは云った。

「わからずにそうしてしまったのなら、俺もただ、あれを苛め、苦しめたほかの宮廷の――さっきあのパリスが云っていた、あれを置き去りにしたりわらいものにしたりして苦しめたほかの連中のひとりだった、というにすぎぬ。だが、俺は、あれを守ってやると約束したのだ――いつもそばにいる、いつも一緒にいる、これからは俺があれを幸せにしてやると……」

「そのようなこと……」

ハゾスはかっとなった。

「男女の間柄というものは、親子ではあるまいし、片方が片方を一方的に幸せにしてやるの、守ってやるのというだけのものではございませんぞ。――夫には夫の義務があり、妻には妻のはたすべき神聖な義務がございます。それをお互いに果たしてこそ、あいてに結婚の誓約のおりにかわした、幸せにしてやるという誓いを守ってくれと要求する権利が出来るというもので。――子供ではあるまいし、そんなふうに、一方的に、どちらかが、どちらかをただ守って、幸せにしてやらねばならぬなどという……」

「あれは、子供なのだよ」

グインは悲しそうに答えた。

「パリスのいうとおりだ。――あれは、がんぜない幼女なのだ。俺はキタイにシルヴィアを救出にいったときにも、その帰りにも、そのことはずいぶんと感じたものだった。

ああ、この女性は、おとなの女性のすがたかたちはしているけれど、その精神はまったくまだ四、五歳の童女なのだな、と。——それがわかっていながら、俺はあれを置いていってしまった。それが、俺のとがだと思うのだ、ハゾス」

「四、五歳の童女には結婚などできませんし、まして姦通など出来ませぬぞ」

ハゾスは鋭く云った。

「たとえ精神が本当に四、五歳でしかないとしても、それは言い訳にはなりますまい。そのままでいていいということではない——普通の女性ならばまだしも、皇女はこの大ケイロニアの皇位継承権者でいられる。そうであるかぎり、よしんばどのような境遇にあったにせよ、おのれを成長させようとつとめ、そのような四、五歳の童女から脱するよう、むしろひとなみはずれてすぐれた知性をもつ大人の女性となるようつとめるのこそが、皇女たる身分に生まれた女性の宿命でもあれば、任務でもあったはずです」

「それは、そうだ」

グインの口調には苦渋が滲んでいた。

「おぬしは正しい。おそらくおぬしはいつだって正しいのだ、ハゾス。——だが、問題はこの世がいつもいつも、そのように正しいことばかりが正しいとは限らぬ、ということだな。——もし本当にそうした正しさでゆくのであれば、俺など——まずこのような異形でもあるし、もともとが氏素性も明らかでない風来坊だ、ということもある。そしてまた、いまとなっては記憶にいささかの損傷をきたしており、とうていまっとうな頭脳だともいわれぬのではないか、という不安もある。——自分自身がそのように思うゆえなのかな。俺はとうてい——おぬしほど、自信をもって、これが正しいことだと言い切る気になれぬ。——また、おのれ自身もこれまでにずいぶんと、これは逸脱行為なのだろうな、と思うことをもあえてしでかしてきたからな。……俺にはな、ハゾス」

「は……」

「あのパリスの気持がよくわかってならぬような気がするのだよ」

「陛下——」

「それは、俺は確かに法律で認められたシルヴィアの夫であり、あの男はただずっと幼いころからシルヴィアのそばにいた下僕、というのにすぎぬかもしれん。だが、あの男がシルヴィアを、あれは寂しかっただけなのだ、心細かったのだ、といったとき、俺は——まるでおのれが喋っているような気さえした。俺もいつも——俺もいつも、シルヴィアのことを、ふびんだ、あわれだ、童女のようだ、と思って、だからこそ、妻にして、俺がもうそのようなふびんな目にあわせぬようにしてやりたいと思ったのだからな……」

「陛下……」

「おそらく、あの男と俺はシルヴィアの上に同じものを見て、ふびんだと思っているのだろう。――だが、ふびんだと思いながら、このようなはめにあわせてしまった。それは俺の責任だ。だから、俺は――どうしても、シルヴィアを責める気にはなれん。たとえ――たとえあれが想像ではなく、本当に妊娠していようと……その父親が、パリスでなく、どこの誰ともしれぬ男であったり――それこそゆきずりの、どこの馬の骨とも知れぬ男と寝て、それでそのような結果を招いてしまったのであったとしてもだ。俺は――シルヴィアを責めることはできん。むしろ、あれをちゃんと守り通してやれなかったおのれのせいだとおのれを責めたくなるだろう」

「陛下、それは……」

「だが、パリスのことばをきいていて、むしろ、俺のほうから――俺には、シルヴィアの夫である資格がなかったのではないか、と思ったよ、ハゾス。俺は彼女を守り通せず、彼女の望むようにしてやることが出来なかったのだからな。――俺は、アキレウス陛下に申し上げて、シルヴィアの夫であることから、シルヴィアを解放してやっていただいたほうがいいのではないかと考えている」

「何をおおせになります」

仰天して、ハゾスは叫びそうになり、あわてて口をおさえた。おのれの声が、思いのほかにいんいんと、地下牢の石の狭い天井に反響したのに仰天したのだ。

「いや、本気だ。俺には、シルヴィアを幸せにすることは所詮、出来ぬのかもしれん。

──俺はこのとおりの異形だし、それに、あまりにも長いこと、サイロンを留守にしすぎた。……むしろ、パリスのように、いつもそばにいて、シルヴィアのことだけを気にかけている男が、シルヴィアの夫になったほうが、きっとシルヴィアは幸せだ」

「そんな──そのようなご無体なことをおっしゃって、そうしたらケイロニアはどうなるというのです」

「むろん、大元帥としてなり、また黒竜将軍としてなり、ケイロニアを守り、アキレウス大帝にお仕えすることは、いくらでも方法があるのではないかと思うのだ、ハゾス」

グインは静かに云った。その語調が、ハゾスにも、グインがいま思いつきでいっているのではなく、あるいはずっと、シルヴィアの惨状を見て以来、そのことについて考え続けてきたのではないか、と悟らせた。ハゾスの背中を冷たい汗が流れ落ちた。

(とんでもないことになった)

ことばにすれば、それであっただろう。グインが本当に思いこんだとしたら、おそらくその考えは、てこでも変えられないだろう、ということは、ハゾスが一番よく知っている。

(冗談ではない……パリスをシルヴィア皇女の夫にするなどということは──何があろうと、ありえないことだし、もしそれが出来るとしたら、シルヴィア皇女が皇籍を離脱して臣下に下がり、パリスと二人でどこか地方に小さな城でもあてがわれてそこでひっそりと一生身を隠すようにして暮らす、というような方法でだけだろう。それにしたところで、パリスはいったんは確実に、ケイロニア王の王妃と姦通した、という罪にとわれることはまぬかれぬ。——だが、そのようなことになったら、グイン陛下が、ケイロニア王でなくなり、グイン《陛下》でなくなってしまうとしたら……）

（そんなケイロニアは——ケイロニアではなくなってしまう。……グイン陛下は、いまやおのれこそ、ケイロニアの象徴にほかならぬことをご存じないのか。……アキレウス大帝は老齢の上ご病気だ。このところとみにご病気がちで、むろんその治世末永くとは一同お祈りしてはいるものの、ご高齢のこと、いつまでもそう望めるものではない、ということもよくよく知っている。——それゆえにこそ、グイン陛下がケイロニア王として、アキレウス陛下にかわり、ケイロニアを治めてくださることこそ、我々ケイロニアの重臣、臣民すべてのただひとつの希望ではないか。——俺などは、逆にシルヴィア皇女を離婚しても陛下がケイロニア王でいて下されるよう——そして出来ることならば、アキレウス陛下なきあとはケイロニア皇帝としてこの国を、名実ともに治めていってくだされるよう、アキレウス陛下の本当の息子として籍に入っていただけぬかと画策しようとしている、真っ最中だというのに……）

（第一シルヴィア皇女を皇籍から離脱させたら、もうあとは……妾腹であるオクタヴィア姫とまだ幼い、しかも聴力に障害のあるマリニア姫しか、ケイロニア皇帝家の血筋をひくものはいなくなってしまうではないか。――そんなことになったら……ケイロニアは存亡の危機にさえたちかねぬ……）

「陛下」

いささか取り乱しながら、ハゾスはとりあえず口走った。

「そのような重大なお話は、とうてい、このような場所では……なされるものではございませぬ。ともかく、参りましょう。そうして、それにつきましては、またのちほど、ゆるりと……お人払いの出来るところで、とくと陛下とお話出来ればと……存じますので、まずは……」

「シルヴィアに会わせてくれるか」

グインがゆっくりと云った。ハゾスは生唾を飲み込んだ。

「はい。ただいま、ご案内申し上げます」

「ひとつ、頼みがある」

「は……？」

「あれに会うとき、俺とあれを二人きりにしておいてくれぬか。――おぬしが俺の受ける衝撃や、あれが錯乱して何を口走るかわからぬ、というようなことを、案じてくれるのはよくわかる。だが、俺にせよ――それこそ、俺は四、五歳の童子ではない。シルヴィアが錯乱しているのか、そうでないのかくらいわかる。それに、何をいうにも、これは我々夫婦のことだ——そういうにはまだ、あまりにも、短い歳月をしかともに過ごしてはおらぬが、それでも、かりそめならぬえにしで、俺とシルヴィアは夫婦として結ばれ、俺もあれをいとしいと思っている。帰ってから、すぐにそうすればよかった——あれのようす、あの寝室の惨状に虚を突かれ、仰天して、あわてて逃げ出しておぬしに助力をこうなど、いかにふいをつかれたとはいいながら、俺もまことにだらしない限りだった。まことの良人のやるべきことではない。——本当のサリアのきずなで結ばれた良人ならば、妻がそうして病んで、錯乱しているようなときこそ、おのれの胸にしっかりと抱き取って落ち着かせてやるのが当然であっただろうに。おそらく、俺のそのようなおろかしさと物慣れなさ、女心をわかってやることの出来ぬへまさ加減が、シルヴィアを俺のわからぬところでさぞかし傷つけ、失望させていたからこそ、このようなことになってしまったのだろうな」

「へ、陛下。それは」

それは違う、とハゾスは云おうとした。

だが、グインの目を見たとき、ハゾスのことばは舌の上で死に絶えた。グインの目には、深い苦悶の色が宿り、いまだかつてハゾスがグインのなかに見たこともないほど、グインは傷つき、疲れはてているように見えた。

「——私には、もう、何も申し上げることばとてもございませぬ……」

悄然として、ハゾスは云った。内心では、やはりおのれのしたこと、とった処置が、もしかしてロベルトのいうとおり、ことごとく間違っていたのだろうか――という、いやな、不快な疑惑がまたしてもどろどろと墨のように胸のなかにひろがりかけていた。

「ただいまより、シルヴィアさまのお部屋にご案内申し上げます。――もう、私は何も申しませぬ。あとは、陛下のよろしきように……」

「すまぬな、ハゾス。もともと、俺が自ら処理すべき夫婦の問題を、おぬしに持ち込んであらぬ迷惑をかけてしまった」

「何をおおせられますか……」

ハゾスは、重い足取りで、地下牢から出、そのまま今度は上にのぼってゆく狭い石段を登っていった。シルヴィアの室の前にいって、そっと扉を叩くと、カストールの老いた聡明な顔がすぐにあらわれた。

「ただいま、お休みでございます」

カストールはハゾスの目をちらりと見ていう。ハゾスはさらに悄然としながらうなづいた。

「すまぬ。――グイン陛下がおみえだ。陛下は、お二人だけで、お話をなさりたいといっておられる」

「それはそれは――しかし、たったいま、薬を差し上げたばかりで、シルヴィアさまは、よくお眠りになっておられますが……」

「陛下」

ハゾスはふりむいた。

「シルヴィアさまは、ただいま、カストール博士の薬でよく眠っておられるということでございますが」

「かまわぬ。——目がさめるまで、待っていよう」

グインのことばは、さらにハゾスを驚かせた。

「俺も今夜はここに泊めてもらえばよかろう。——俺の小姓と当直の騎士が、馬車のところで待っている。それに、すまぬが、今夜は俺はおのれの寝所には戻らずこちらに泊まるゆえ、明日の早朝に迎えに参るよう、伝えてくれぬか。明日の朝の公式謁見には必ず間に合うよう、いったん戻って服装もあらためるゆえ、それに間に合うように迎えにきてくれと伝えてくれ。そして、もう、おぬしもひきとってくれ、ハゾス」

「陛下。そ、それは……しかし」

「いろいろと手間をかけた。だがこのあとは、俺がこの一件についてはすべて引き取って、責任をとることとしよう。本来そうすべきところを、おぬしにおしつけたのが俺の間違いだった。すまぬことをしたな、ハゾス」

「とんでもない。何をおおせになりますか。これはまったく当然の……」

「もしも、このあとシルヴィアの容態について心配がないようだったら、そこもともひきとってもらえぬか、カストール博士。いや、むろん、何だったらしかるべきところでやすんでもらっていてもよい。しばらく、シルヴィアの面倒を見てもらっていて、休みもとられておらぬのではないか？　だったら、今夜はもう、このままひきとってもらって、ゆっくり休んでくれ。このあとは、シルヴィアのようすに急変でもないかぎりは、俺がかたわらについていて看病してやることにしよう。せめてものことに、良人らしく、だな」

グインは、妙に寂しげなようすでかれらにうなづきかけた。

「もっと早くにそうすべきだった。――あれは、おそらく、俺に置いてゆかれたと思ったからこそ、精神に異常をきたしたのであろうに。――だとすれば、それを直せるのも俺しかあるまい。もう、あとは俺にまかせてくれ、ハゾス、カストール。これは、俺の問題なのだ――俺の家庭の」

「そう、おおせになるのでございましたら……」

ハゾスは、そこまではっきりといわれてもう、引っ込みがつかぬ、と悟った。シルヴィアが目をさましたとき、どのようにふるまうかは、気になってたまらなかったし、それこそ胃がひっくり返りそうだったが、もう、おのれの介入する余地はない、ということはハゾスにも感じられた。

「それでは……ただ、私も、気になりますので……公邸や執務室には戻らず、お近くで、ちょっと休むくらいにして、陛下から何かまたお声がかりがあるのをお待ちしていてもよろしゅうございましょうか。——パリスの処置もございますし、陛下のお疲れも心配でございますし」

「俺など、何ほどのこともない。一夜や二夜、眠らなかったところで疲れるようなこともない。——それよりも、カストール博士に何かあったときにただちに使いを走らせられるよう、俺の小姓を何人か、この建物のどこかに待機させていてくれぬか。そしてもう休んでくれ。いろいろと心労をかけてすまなかったな、ハゾス」

3

そのようなわけで――

ハゾスとカストールとは、なんとなく後ろ髪をひかれるようすで、グインのことを気にしながらも、追い払われるようにして、出ていった。

そのあとには、グインだけが残った。シルヴィアが入れられている室は、牢獄の塔のなかとは云い条、ひとつのフロアをすべてしめて二、三の室にだけした、貴賓室というべきもので、それなりに広かったし、設備も整っていた。入れてある家具も、豪奢でこそなかったが、きちんとしていて、一国の皇女たるものを入れておかしいような粗末なものではなかった。それだけに、よけいな飾りのないその室はかえって、「広い病室」といった印象を与えていた。

その、広い病室の片隅に置かれた大きめのベッドのなかに、シルヴィアは枕に埋ずまるようにして眠っていた。もともと顔もからだも小さな痩せたシルヴィアが、すっかりやせ細ってしまい、顔もやつれはてておよそ肉というものがひとかけらもなくなってしまったようなありさまになっているので、その枕に埋もれた顔はそれこそグインの片手で覆い尽くされてしまえるほどにも小さく、そしてとんがって骨が目立っていた。

もういまは髪の毛もとかされて綺麗にし、身につけているものも清潔な寝間着なので、最初にグインが見たときのような、異様な鬼女めいたようすはまったく与えなかったが、そのかわりにシルヴィアはいかにもかぼそく弱りはて、疲れはてて、そして、やつれはてていまにも消え入ってしまいそうに見えた。その小さな妻の顔を——グインのような男が《妻》と呼ぶにはあまりにも子供じみて、また幽鬼じみてさえいる顔を、グインは何を思うのか、ひたすら黙り込んで見守っていた。

室のなかには、いくつかの燭台が壁龕のなかに用意されていて、それがゆらゆらとあかりをおとしていたが、基本的には室は薄暗く、さまざまなものみなが深い影を落としていた。もう、この牢獄の塔のどこからも何の物音も聞こえず、呻く声も、悲鳴も、苦しめられている罪人のあえぎ声のようなものも聞こえてはこなかったので、あたりはおそろしいほどに森閑としずまりかえり、更けてゆく夜のなかで、まるで世界はこの室しかないみたいにさえ思われた。

その恐しいほどの静寂のなかで、グインはただ、じっとシルヴィアを見守っていたが、やがて、つと動いて、椅子をひきよせて寝台のかたわらにおくと、そこに座り、手をのばして、布団から出ていたシルヴィアの痩せ細った手をそっと握った。

手を握られたとき、シルヴィアのやつれ衰えた口辺にかすかな笑みが浮かんだ——ように思われた。もともと、シルヴィアはどちらかといえば老けてみえるたちであったが、同時にまた異様に子供っぽく見えるときがあった。それが、こうしてやつれはてているところは、その両方が促進され、シルヴィアは、八十歳をすぎた老女のようにもみえもすれば、逆に、病気の幼い子供のようにも見えていた。

そのようすが、グインの胸をいたませた。グインはシルヴィアの、グインのたくましい手にはあまりにもかよわくかぼそく、手のなかでそのまま折れてしまいそうに感じられる手をあたうかぎりそっと握ったまま、身動きもしないで、シルヴィアのつかのまの眠りを見守っていた。

が、それもまた、つかのまの静寂であった。

ふいに、シルヴィアの目がぱたりとあいた。

最初は、自分が見ているものが信じられないかのようにシルヴィアはぼんやりとグインを見上げ、それから妙にあどけなくほほえみかけた。グインははっとしてのぞきこんだ。

「目が覚めたのか、シルヴィア」

おどろかさぬよう、出来るかぎりやさしい声で、グインは囁いた。

「俺だ。長いこと、留守にして、本当にすまぬことをした。帰ってきたぞ——こうして、ここに戻ってきた。もう、どこにもゆかぬぞ」

「……」

まだ、夢の世界を漂っているかのように、シルヴィアは、何回かけだるそうにまばたきをした。それから、まだカストール博士の薬がきいているのか、ぼんやりと小さな生あくびをした。

「――どうしたの……？」

小さな声がやっともれた。

「のど……かわいたわ……水……」

「水か。よし」

グインがあわてて、そのシルヴィアの要求を果たそうとうろたえるさまは、誰かが見ていたらこの英傑が、と可哀想になるくらいであっただろう。

 かたわらの小卓の上にある吸呑みをさしつけると、シルヴィアは捨て猫のように喉をならして飲んだ。それから、鬱陶しそうにそれを手で押しやった。

「もういいか。よし」

グインがあわてて吸呑みをひいてやると、シルヴィアは、ふいに、ようやく意識がはっきりしてきたようすで、グインを正面から見上げた。

「グイン？」

信じられぬものを見た、というような目であった。同時に、そろりそろりと、その目のなかに何かがうごめきだすのを、グインは、ひどく心配しながら見つめていた。

「ああ、そうだ。長いこと留守にしてすまなんだな。だがもう心配はいらぬ。俺は戻ってきた。――俺は戻ってきたのだ。もう、お前に寂しい思いはさせぬ」

「……………」

シルヴィアは、なんとなく、まだ深い夢から、半分は醒めていないかのようにからだを左右にちょっとだけ動かした。それから、ちいさな声で、「いたい」とつぶやいた。

「痛い？　痛いのか。どこが……ひどく痛むのか？　どこが痛い？」

「うるさいわね」

シルヴィアはじゃけんに云った。それから、しばらくおのれのとりとめもない考えを追うように見えたが、それからふいに、ふっと大人びた、ひどく大人っぽい疲れはてたかのような吐息が、彼女のかさかさとかわいてひびわれたくちびるから洩れた。

「――遅すぎたわ」

「なんだって？　なんといった？」

グインはベッドの上に身をかがめ、シルヴィアのことばを聞き逃すまいと懸命になった。そのグインの耳に響いてきたのは、しかし、あまりにもにがいことばだった。

「遅すぎたのよ。――何もかも、もう遅すぎたわ。……あたしはもう、もとには戻れない」

「そんなことはない」

グインは、シルヴィアの手がおのれの大きな手のなかから逃げようとするのを、しっかりとつかまえようとしながら、声をほんの少し強くした。だがシルヴィアは眉をしかめた。

「耳が痛いわ。大きな声を出さないで」

「すまない」

グインはうろたえた。

「だが、もとに戻れぬものなど何もない。――からだならすぐに健康を取り戻せるだろう。俺はもうどこへもゆかぬ。これからずっとシルヴィアのそばにいて、これからは、シルヴィアが元気になること、そのために看病することこそを、俺の最大の仕事にするつもりだ」

「もう、そんなこと、しなくていいのよ、あなた」

何十年もずっと不仲のまま暮らしてきて、激烈な争いにも疲れはてて静かになってしまった老妻だ、とでもいうかのように、シルヴィアはひっそりと云った。

「もう、そんなことをする必要はないの。――私を殺して頂戴。……殺すのがイヤだったら、私をどこかの地下牢へでも閉じこめて。あたしはもう――あたしはもう、それでいいの。あたしの一生は終わったんだわ――もう、何も……何もしたくない。どこにもゆきたくない。何も――あたしはもう死んだんだから」

「何をいってる、シルヴィア」

驚き、同時に胸をいためながら、グインは叫んだ。が、声が大きいとがめられたことを思い出して、あわてて声を低めた。そしてぎゅっとシルヴィアの手を握ろうとしたが、シルヴィアはきわめて弱々しい力ながら、はっきりとした意志を示してそのグインの手を振り払おうとした。

「そうよ。あたしは死んだんだわ。――どうしてそんなに驚くの。あなたが、殺したんじゃあないの。――あたしを殺したのはあんただわ。あんたが、あたしを剣を抜いて斬り殺したのよ。あのとき、あたしはもう死んだんだわ。だから、ここにいるあたしはもうただの幽霊。――あれ以来、もう何ひとつ、自分が生きている心地なんかしない。あたしはあれからもうずうっと、ただの人魂みたいに、ふわふわして何をしてもまったく現実感がないまんまで生きてるんだわ」

「シルヴィア。それは、何をいっているんだ」

グインは途方にくれながら聞いた。

「俺があなたをこ――こともあろうに殺したというのは、いったいどういうもののたとえなのだ。俺が剣を抜いてあなたを斬り殺しただと。そんなことはありえない。何があろうと、ありえないではないか。俺はあなたを愛しているし、それに俺は遠くはなれた遠征の先にいて、それは確かにあれこれと手紙をしたためたり、使いを出しておのれの無事を報告したり、あなたのことを気にかけている、という証拠をひっきりなしに見せることも出来なかったのは、けしからぬ気の利かぬ良人であったかもしれないが、しかし……」

「あたしがいってるのはそんなことじゃないわ」

異様な静けさでもって、シルヴィアは云った。だが、シルヴィアのヒステリックな激昂よりも、シルヴィアのその静かな疲れきったような詠嘆のほうが、ずっと、奇妙な迫力をともなっていた。

「あたしがいってるのは、文字どおりのことだけ。——いつのことだったかしら。あなたは、あたしのもとに……夢の道を通ってあらわれた。そして、あたしを化け物、魔物だといい、剣をぬいて、あたしを斬り殺した。……あのとき、あたしは死んだのよ。確かにそれは夢のなかだったから、あたしのうつし身は生きてはいるわ、いまだにこうしてね。だけど、あの剣は間違いなくあたしの魂を斬り殺した。だから、あのあと、もうあたしの魂はうつし身を抜け出してしまって——もう、何があろうと、二度とそれはひとつにならなかったんだわ」

「俺にはわからない」

グインは途方にくれた。

「あなたが何をいっているか——これほど一生懸命理解しようとしているのだということをどうか信じてくれ。俺が、夢の——なんだって、道を通ってあなたのもとにあらわれた？　それは、あなたが、そういう夢を見た、ということをあなたは云っているのか？」

「違う」

議論することなど、まったくムダなことだ、と言いたげにシルヴィアは疲れきったようすでつぶやいた。そのことばは、ひびわれてかさかさになったかわいたくちびるの上で、何の勢いもたぬかのように空中に分解してゆくように思われた。

「夢じゃない。あれは、夢じゃなかった。あれは本当のことだった。あなたは、確かにあそこにいた。そして、あたしも——あたしも完全に目がさめていた。まぎれもなく、あの晩には何かの魔法がはたらいていた。そしてたぶん、あんたは、それが魔法だってことを——受け入れていなかったか、きっと……信じられなかったのかもしれない。だから、あたしが魔物にみえたのかもしれない。あの夢の魔術を使った魔物が、あんたをたぶらかそうとして、あたしの姿をした魔物をあらわしたのだ、というように見えたかもしれない。でも、それはあたしだった。あたしは魔物じゃなかった。——いや、そんなことじゃないの。あのとき、あたしには、わかってしまったのよ」

「な——何が」

「あんたは……あたしの姿と、あたしの声と……あたしのうつし身とをもつ魔物に、ためらいなく剣が振り下ろせる男なんだということがよ」

かわいた、そしてとことん冷たい声でシルヴィアは云った。その声には、いちるの情も、そしてもうすでに苦しみさえもこもってはいなかった。シルヴィアの目も、かわきはててまるで石のように凍っていた。

「たとえ、本当に魔物であったとしたって——あたしなら出来ない。あたしなら、かりそめにも愛する人の顔とすがたをした相手に……剣を振り下ろして、その相手を一刀両断することなんか……出来ない。出来ないわ。——そのとき、あたしにはわかったんだ。ああ、この男にとっては、あたしの顔とすがたとうつし身とをもつ相手でも、それが魔物だと思えばためらわずに斬り殺すことが出来るんだ。それが、あたしが信じ、あたしが良人に選んだ相手だったんだ、ということが」

「待ってくれ、シルヴィア」

本当に困惑しながら、グインはなんとか声を荒らげないよう、気を付けながらせきこんだ。

「本当に俺はあなたが何をいっているのか、どうしても理解出来ないのだ。……その夢というのは、あなたは……」

「夢じゃない、っていっているでしょう」

シルヴィアはカサカサとひからびた、老婆のような声で笑った。

「わかりの悪い人ね、本当に。魂の底の底まで豹頭なんだわ。……あれは夢なんかじゃなかった。そのことさえわからないの？　それとも、あんなに重要なことが起きたのを、あなた忘れてしまったの？——そうかもしれないわね。あんなふうにして斬り殺して、切り捨ててしまえるのであれば……それは確かに、それだけのこと、一匹けしからぬ夢の魔法を通って悪さをしかけにきた魔物を退治て、それでまた安らかに眠りのなかに戻ってゆく、それだけのことなんだろうから。——でもあたしにとっては……あたしにとっては、それであたしの一生は終わったのよ。夫だと信じた男、かりそめにも愛しているといってくれた男に切られて。あのとき、あたし死んだの。だからそのあとは——そう、そのあとはもう、何をしようと、どうしようと……あたしにとってはただの、幽霊のたわむれだったわ。あたしは生きた屍だったんだもの。もう、二度とあたしはよみがえることはない。あのときあなたが切り捨てたシルヴィアは、もう二度と元気に生き返ることはないんだ」

シルヴィアは、もうグインの顔を見ていることもいやになった、というかのようにそっと力なく目をとじた。そのかわききった石のようになった顔を、それでもなお一筋のうつろな涙が力なくすべりおちた。

「あなたは、覚えてさえいないのね。——あたしを斬り殺したことを、覚えてさえいない。それはあんたにとってはただの夢のかけらだったのかもしれない。だけど、あたしにとってはそれはあたしの一生の終わりだった。——このあと何年生きたって、あたしはもうただの幽霊。……もう、誰のいうことも信じない。誰も愛さない。——心もなくなった幽霊には誰かを信じたり愛したりすることなんか出来ないんだわ」

「シルヴィア。——シルヴィア、どうか……」

グインはなかば夢中で口走った。

なんといっていいのかわからなかったし、何をいえばシルヴィアが納得するのか、シルヴィアの気持ちをかえることが出来るのかもまったくわからなかったが、しかし、ようやくグインにも、少しづつ、シルヴィアが本当に本気であること——シルヴィアにとってその、いまのグインにはまったくただの言いがかりとしか思われぬ《ある夜の夢》の出来事が、恐しく重大な、あまりにも重大なことであったのだ、ということが理解されてきたのだった。

「シルヴィア。俺は何も……そんな夢など見たこともないし、夢のなかであなたに剣を向けたことなどないのだ。そんなことがあったら、たとえ夢であろうとも覚えていると思う——そしてまた、たとえ夢であろうとも、俺は何があってもあなたに剣をむけたりは……」

「したのよ！」

一瞬、やや激しくなったかすれ声で、シルヴィアは云った。だが、またすぐに、何をいっても無駄だ、というように、その声はうつろにかわいていった。

「あなたは、覚えてさえいないだけ。――覚えてさえいないまま、あなたはあたしを殺したんだわ。それだけのことだったのよ――あなたにとっては、あたしなんか、それだけのことだったんだわ」

「そうじゃない――それは、あなたが見た夢だ……それには、俺自身は何も関係してないない、それに……俺は、何があろうとあなたをこそ守りたいと……その俺がどうして、あなたに剣を――ましてや、その剣をふりおろすなど……」

グインは、珍しくも、しどろもどろになった。

シルヴィアは、冷たい――石のようにかわきはてた視線を、かつての良人に注いだ――少なくとも気持の上では、すでにシルヴィアにとってはそれは《かつての》にしか、すぎなくなっているのだ、とはっきりとわかるようなこおりついた視線を。

「もう、いいわ。あっちにいって」

疲れたように、シルヴィアは云った。

「あなたは覚えていないという。あたしは、覚えてさえいないのね、という。――あたしたちのあいだにはもう、何も話し合うことなんかない。……あたしにとっては、いずれにせよ人生はもう終わってしまったの。だから、あたしは……だからあたしはあとはただ、なるべく早く――あたしの人生を終わらせてしまうことしか考えていなかった。何がなんだろうとどうでもよかった。……もう、生きてゆくのはイヤ。もしあなたが、あたしを……姦通の罪で裁いて死罪にするというのなら、面倒な裁判なんかやめて。いまこの場で、あの夜したのと同じようにあたしの上に剣をふりおろせばいい。さもなければ、その力強い手であたしの首の骨を折ってくれればいい。――それが、あなたのあたしに対して出来る、一番親切なことで、いいことで――一番、正しいことなんだわ」

「何をいう、シルヴィア。俺がどうして、あなたにそんな……」

「だから、あなたは、したのよ。夢のなかで」

相手の物わかりの悪さにほとほと愛想がつきた、というかのように、シルヴィアはひびわれたくちびるをかみしめた。

「のどがひりつくようだわ。水――水を頂戴」

「水、水か。ほら」

「有難う」

妙に礼儀正しくシルヴィアはいうと、グインがそっとおそるおそる抱き起こして、水を飲ませてやるのを、喉を鳴らして飲んだ。

グインの大きな力強い手には、はっとするほどかよわく、かぼそく、それこそ骨がそのままぽきりと折れてしまいそうなくらいたよりない感触だった。グィンはおろおろしながら、水を飲みおえたシルヴィアをそっとベッドにまた横たえた。

「とにかく……あなたは病気なのだ。からだをよくして……元気が出てくれば、もののみかたもいろいろとかわってくるだろうし、それに……そんな夢のことも——悪い夢を見たのは本当かもしれないが、あれは夢だったのだと——夢は、あくまでも夢にすぎないのだと、理性的に考えることもできるようになろうし、それに……」

「まだ、そんなことをいっているのね。この、うるさい、頭の悪い豹男」

シルヴィアはいくぶんかっとなったように云った。そして、恐しく冷たい目でグィンを見つめた。

「パリスを、どうするの。——パリスは、あたしと姦通していたと自白したんでしょう」

「……」

「なぜ、答えないの。パリスを拷問したんでしょう。この部屋まで、壁をつたって、パリスのあげる悲鳴がきこえてきたわ。パリスがどうされているのか、あたしにはすぐわかったわ。——ひどいことをするのね。権力者たちはいつでもそうだわ。なんでもかんでも、罪をうまいこと、塗りつけられる相手がいれば、それでおしまい。——そのあてになんでもかんでもおっかぶせて、それでおしまい。——本当のことはどうだったかだの、真実はどこにあるかだの、そんなこと、本当にどうでもいいんだわ」

「パリスとはさきほど話した」

口重くグインは云った。

「それは——確かに、何がどうあれ、ケイロニア王妃と姦通したという罪はまぬがれがたいものがある。拷問うんぬんは俺は知らぬが、秘密法廷で裁きを受けぬわけにはゆかぬだろう」

「パリスを、殺すのね」

ツヤのない声で、シルヴィアはつぶやいた。すでにすべての感動も情緒も死に絶えてしまったかのように、その声には、何の感情もこもっていなかった。

「あたしがパリスを誘惑し、パリスがあたしに珍しくも同情を抱いてくれたから、という理由で、パリスを殺すのね。——そうして、何もかもパリスひとりのせいにおっかぶせて、うまい具合に人目をも糊塗してしまおうというわけね。——あのハゾスの考えでしょう。そうでしょうとも……あの男の考えそうなことだわ。自分のことはとても頭がいいと思っているけれど、本当は人間の感情のことなんか、何ひとつわかってやしないのよ」

「……………」

「そうして、ああいう——生まれながらの貴族だの、宰相だのなんていうものは……いつだって、自分たち以外の人間には感情なんかないと思っているんだわ。感情なんて、貴族たちだけの特権だと思っているのよ。——だから、どんなにひとの心を踏みにじっても平気だと思っているんだわ。そういう宮廷で——そういう宮廷で、母親が偉大なる皇帝陛下を暗殺しようとたくらんだ謀反人だった、なんていう……そんな生まれながらの罪過を背負い込んだ罪人として生きてゆくものこそ、いい面の皮。——あの女官どもが、あたしについてなら、どれだけどんなことをいっても平気だと思っていたか、どれだけ悪口雑言をいっても、どんなひどい罵倒をしても、それで当り前だと思っていたか、あなた知っていて？——だってあたしが言い返してくる心配はなかったんだわ。だってあたしは謀反人のむすめ、生まれながらの罪人だったんだもの。——そうやって、相手の弱味をつかんだと思ったとき、あの牝どもが、どれほど残虐になり、どれほどつけあがり、どれほど言いたい放題をいってもいいんだと思っているか、あなた、少しでも想像がついて？」

「…………」

「あたしに魔女の魔力があれば、あのメスブタどもを全員、頭の上に雷を落として焼き殺してやるわ。ひとをあんなふうに罵倒して傷つけて、めためたに云って、あれほどひどい悪口雑言を他人にわけもなく向けて大笑いしている連中なんて、どれほどすさまじい死に方をしたって、ちっとも可哀想だとあたし思わない。云われるほうがどう感じると思って?――でもあいつらは、云われる相手が傷つかなくては、自分たちが生きているという心地がしないんだわ。わけもなくひとを傷つけて、おとしめて、踏みにじって、それではじめて自分が偉くなったような錯覚に酔っているんだわ。なんてイヤらしい連中。陋劣な……あたしにあんたの力があれば、あたしあいつらの首をひとつひとつみんな手でねじきってやるわ。その前に手も足も一本づつもぎとってやる」

「シルヴィア……」

思わず慄然としながら、グインはおのれの《かつての妻》を見つめているばかりだった。

4

だが、シルヴィアのほうは、かすかに、青ざめきっていた頬に血の色のようなものが浮かんで来、少しだが、活力がよみがえってきていた。彼女のなかにひそんでいた根強い怒り、あまりにも深く蓄積された憎悪、どろどろとたぎる瞋恚――それが、シルヴィアの弱りはて、衰弱しきったからだに活力を――悪魔の活力だったかもしれないが――よみがえらせたことには、疑いもなかった。彼女は少し、ベッドの上に痩せ細った肘をついて身を起こそうとしさえしながら、奇妙な熱中に身をまかせて続けた。

「あいつらはいつだって、あたしをやり玉にあげることだけを生き甲斐にしてたのよ。楽しみにしてたわ――そうして、あたしがキイキイいうだろうとそりゃあ楽しみにしてあたしをみんなで遠巻きにして見守っていたんだわ。ご生憎さまよ――誰が、あんなブタ共のおもわくどおりにキイキイいってやるもんですか。あたしはあいつらを出し抜いてやったわ――あいつらにあとからあとから悪口雑言の種を供給してやったわ。そうすればするほど、あいつらは半狂乱に喜んであとからあとからひとを罵倒しまくってきた。

だけど、そんなのじゃ追いつかないくらい、もっともっと、もっともっとあたし、すごいことをしてやったの。ここまで自分を壊せばお前たちだって満足するだろう——ここまでめちゃくちゃをしたら、お前たちだってもうさすがに青ざめるだろう——そのかわり、いいか、もしことがわかったそのときには、お前たちは全員、ケイロニア王妃の信じがたいふしだらを見逃した、そのままにした、制御することも出来なかった、という罪で地下牢にぶちこまれるんだ。そのときを楽しみに待っていろ——必ず、いまに破局が訪れるんだから。そのときには、あたしひとりでゆくものか。あたしをこんなにめちゃくちゃにしたお前たちだって、必ず一緒に抱き込んで地獄の底まで連れていってやる。秘密法廷にあたしを呼び出してもらって、そこであたしは証言してやるわ。生まれてこのかた、あたしがずっとあのメス豚どもの罵詈讒謗のために傷ついていたこと。それによってどんどんどんどん、あたしの性格はねじまがっていったこと。だからあいつらにもっともっと悪口雑言の種をやるために、あたしはすべてのことをしたんだ、いうなれば、あたしがこれだけのことをしたのはすべて、あいつらのためなんだ、ということ。——そうよ、そのときになってはじめてあいつらは知るでしょう。いい気になって金棒ひきのまねごとなんかしてる場合じゃなかったんだ——あのときあいつらがあざ笑い、意地悪くせせら笑い、あたしを苛めていい気になっていたすべてのことは、みんなあいつら自身に戻ってきてしまうんだっていうことがね。——そう、そのときにはもう遅いんだわ。あたしはあいつらひとりひとりがあたしについて云ったひどいことばを全部法廷でぶちまけてやるんだ。そうして、ただパリスだけが――パリスとクララだけがあたしをちょっとでも庇ってくれたり、『そこまでひどくはない』といってくれたりしたんだ、っていうことをも……でもそのパリスも、あんたらに殺されてしまうんだ。……パリスを殺してもいいわ。どうせあたしだって死ぬんだから。でも、ただひとつあたしが願うことがあるとすれば、それは、あのメスどもを間違いなく処刑してほしいっていうことだけよ。どんなに泣きわめくだろうか、想像しただけでも痛快だわ。――いったい自分たちが何をしたというのでございますか、っていって、口々にいのちごいをして泣き叫ぶ――ああ、これまでにいったいあたし、何回想像しただろう。それを想像するだけがあたしのどうしようもない怒りとにくしみをまぎらせてくれることだったわ。ひとのこころをおもちゃにするあいつら、ひとのこころをいたぶり、傷つけることをよろこびにするあの化け物ども、ひとが堕落するのをよろこび、ひとの揚げ足をとるのを最大の趣味にしているあいつらが、いつか、そうやって泣き叫んでいのちごいをするようになるのだ、って想像することが。――だから、そのために、あたしはもっと――そう、あたしはそのためにもっともっと、もっともっと堕落したんだわ。――憎しみというものくらい簡単にひとを堕落させる感情はない、っていうことね」

「あなたは……」

グインは、いくぶん不安そうに小さな声でたずねた。

「あなたは——何をいっているのだ……？」

「わからない？」

シルヴィアはまた疲れたように、かわいた声でいう。

「わからないわよね。——あなたは男だし——英雄だし、そしてご立派なケイロニア王なんだもの。誰にもうしろ指ひとつさされることのない——救国の英雄、アキレウス大帝最愛の軍神なんだもの。あなたには、ちっぽけな、傷つけられるばかりの人生をしか送ってこなかった女の気持なんか何ひとつわかりはしないわ。——そうよ、あたしはありとあらゆる堕落を選んでしてきたわ。そうすることがとても痛快だった。そうやって自分自身をおとしめるたびに、少しづつ、自分が破局に、破滅に近づくたびに、（でもそれはきさまらも一緒だぞ！　お前らも一緒に破滅するんだ、何も知らないくせに！）って思ってそれは痛快だったわ。だから、どんな堕落も怖くはなかった。それにどうせ、あたしはもうとっくに死んでいたから。——あなたに斬り殺されたあとは、もう、あたしはただの、生ける幽霊にすぎなかったから、だから、あたしは、どんなことでもべつだん少しもおそれずに出来たんだわ」

「シルヴィア……その——」

グインは、いくぶんふるえを帯びた声で、そっと云った。

「あまり、話し続けては……気持がしだいにたかぶるだろうし、それにからだにも……さわるだろう。俺は、せっかくよく眠っているあなたを——起こしてしまった。また、ちょっと——やすんで、気持をしずめてはどうかな……それとも、カストール博士に、またちょっと眠れるものをもらって……そして、また話の続きは、明日にということにでも……」

「逃げるの？」

シルヴィアはカサカサとした力ない笑い声をたてた。

「怖くなったの？　あたしのしたことを知るのが怖くなったのね？　いいわよ。それなら、秘密法廷まで待ってあげてもいいわよ。でもそのかわり、あなたは、大勢の裁判官たちの前で、はじめて妻のしたことについてきかされることになるのよ。そうして大恥をかくことになる。そのほうがいいというんだったら、もちろんそれでもいいわ」

「シルヴィア——」

「本当は、臆病者なんでしょう、あなたは。——それに、本当は、とても心の冷たい人。誰も愛してなんかいない——あたしのことだって、愛したりしたわけじゃない。あなたはただ、あたしの面倒をみてやれば、優越感を満足させられると——思っただけ。あたしほど、みっともなくて力がなくて、何も出来なくて見捨てられていたものはこの世にほかにいなかったものね。——だからこそ、あなたはあたしを拾ってくれようとしたんだわ……」

「シルヴィア。それは違う」

「本当に無力なものにはね、グィン、本当に無力なるがゆえの復讐の方法というものがあるものなのよ。――自分自身のからだを投げ出してしか出来ない復讐というのがあるの。……ちょっとでも力のある人間には、そんなこと想像もつかないでしょう。自分自身をおとしめたり、苦しめることが、世界への復讐だなんて。――でも、本当に何の力ももたない人間にとっては、かみつこうがひっかこうが、何をしようが世界なんて、微動だにしないんだから、そんなことをしたって何の役にもたたない。ただひとつ、そういうやつにも可能なのは――もっともっとみじめに、もっともっと罪深く、もっともっと汚らわしく、もっともっと汚れきって――誰ひとり恐ろしくて触れないくらい見苦しくみにくく汚れて堕落してしまうことよ。そうしてできものだらけの汚らしい化け物のようになったあたしがへらへら笑いながら近づいていったら、あの無慈悲な女官どもだって、あなただって――お偉いハゾス宰相閣下だって、みんな身震いしてあとずさりするわ。あたしの楽しみはそれだけだったわ――そうよ。そのためにこそ、もっともっとみじめに、もっともっと醜悪に、もっともっとできものだらけになってやるのよ。救いようもないくらい、壊れてしまったものをみたとき、はじめて世界は自分のしたことにふるえあがるはずよ――そこまで自分たちがこんな小さないのちをさいなんで、そこまで追いつめてしまったんだって。——ひと思いに自殺してやったってよかったんだけれど、それだけじゃあまだ気持がいえなかったわ。あなたにも、女官どもにも、ケイロニア皇帝にも——ケイロニア皇帝家にも、ケイロニアそのものにも、あたしという存在が存在したことを、永遠に恥じて抹殺しようとするくらいひどい恥をかかせてやる——どうあっても拭えないくらいひどい仕打ちとありさまで、永遠に残るケイロニア皇帝家の汚点になってやる。——それがあたしの復讐。……だのにあんたたちは、卑怯にもそれをパリスひとりのせいにしようとする。パリスじゃないわ——パリスがなんていったか知らないけれど、あたしのお腹の子の父親はパリスじゃないわ」

「………」

グインは、一瞬、耳をおおって逃げ去りたいかのようなようすをみせた。

だが、何かが、グインをそうさせなかった——あるいは、それは、シルヴィアの痩せ細った、まさに幽鬼のような腕がのびてきて、ぐいとグインの太い逞しい手首をつかんだからかもしれないし——グインは一瞬、まるで地獄から這い出してきた悪霊につかまれたかのように震え上がった——あるいはまた、シルヴィアのその毒々しい懺悔のなかにある、何か異様なまでに真摯な苦悶のひびきと、苦悶をさえ超越した毒のしたたりが、そうさせなかったのかもしれない。

「知りたくない？——あんたの妻とかりそめにも呼ばれている女が、いったい誰の子をはらんだのか、知りたくないの？」

シルヴィアは、グィンの手首をとがった指でつかんだまま、追い打ちをかけた。グィンは硬直した。

「大丈夫よ——でも、この宮廷のなかには、あたしの子の父親であるような根性のあるやつはひとりもいないから。——どいつもこいつもなさけない、甘ったれた貴族のぼんぼんばかりよ。あんなやつら、＊＊＊だってまるきりものの役に立ちやしない」

シルヴィアの蒼白な、これ以上蒼白になりようもないくらい蒼白な頬の、頬骨の上の二ヶ所にだけ、異様に毒々しいくらい真っ赤な血の色がのぼってきた。シルヴィアは、あざけりながら、娼婦さながらの毒々しい下卑た単語を続けざまに投げつけた。

「あいつらの＊＊＊なんか、せいぜいが金で買った女の＊＊＊を＊＊＊するのがお似合いなくらいの＊＊＊＊＊な＊＊＊ばかりよ。——あんなものが欲しいもんですか。だってあたしは古代の淫魔ユリウスに仕込まれた女よ——それが、何ヶ月も放っておかれて、からだがこんなに疼いているのに、ひとり寝をしているわけがないでしょう。——宮廷でなんか、＊＊＊を探すなんていうばかなことをするもんか。あたしがどうしたか知りたくないの。——ねえ、知りたくないの、旦那さま？」

「…………」

グィンは、思わず、また、シルヴィアにつかまれている手を振り払おうと弱々しくもがいた。さながら悪夢の底にひきこまれたような思いに、グインのトパーズ色の目はなかばうつろになっていた。

だが、シルヴィアははなさなかった。とがったツメをグインの手首の内側にぎゅっと立て、血が流れるほど力をこめたが、どちらも少しもそんなことにさえ気付かなかった。

「あたしは、街に出たわ……」

勝ち誇ったように、シルヴィアは囁いた。

「サイロンへ出たの。――あたしの＊＊＊＊はいつもサイロンであたしを待ってたわ――あたしの探しているような、＊＊くて、＊＊＊＊くて、＊＊＊＊する理想の＊＊＊＊はね！　何本でも、サイロンの街であたしの＊＊＊＊を待ってたわ。だから、あたしは、あたしが欲しいというやつには誰であれ、足をひろげてやった。どこででもやったわ。橋の下の暗がりでも、汚らしい掘っ建て小屋でも、森かげの暗がりでも――居酒屋のなかにたまたまいた酔っぱらいの傭兵ども十人くらい全員にあたしの＊＊＊を貸してやったこともあったわ！　あれはすごかったわ。もう全身どろどろになって、パリスが抱え上げて馬車に運び込んでくれなかったら、自分で足をとじることさえ出来ないくらいだったの！　ああ、なんてすごい体験だったんだろう。ユリウスだってあんな、あそこまですごい思いをさせてくれやしなかったわ！」

「……………」

嘘だ、とグインはかすかに云おうとした。

嘘をついているのだ――それは、自分を苦しめるための、あまりにも非道な作り話だ、と云おうとしたのだ。だが、舌は上口蓋にはりついたまま、動かなかった。耳をおおいたかったが、手も動かすことが出来なかった。シルヴィアのとがったツメが、しだいに強くグインの手首に食い込んできていたからだ。手首からは血が流れはじめていたが、どちらもそんなことにさえ気付かなかった。それほどに、シルヴィアも――そしておかしな話だったがグインさえも、このおぞましい物語に熱狂していた。

「そう、あれがもしかしたら最高だったかもしれない。あのときに貰ったんだわ、きっとあたし、病気を。――それ以来、どうも＊＊＊が＊＊かったり、＊＊かったり――そうなってからはあたしもっと熱心にサイロンの、一番柄の悪そうなところをほっついて歩いたの。そうして、なるべくみにくくて、なるべくたくましくて、なるべく乱暴にしてくれそうなやつばかりあさって歩いたわ……そのうちに評判になって、こっちから探さなくても、《黒衣の貴婦人》が男あさりにくるって、きいてやってくる汚い傭兵だの、土木稼ぎだの、酔いどれだの、いろんなものがくるようになったの。あたしわけへだてなく誰でも愛してやったわ――どんな＊＊い＊＊＊でもどんな＊＊な＊＊＊＊でも、どんな＊＊いたまらないような＊＊＊＊でも愛してあげたわ。そうしながら、このひと突きひと突きがあなたと――あたしを殺したあんたと、そして世界への復讐なんだと思うと、痛快で痛快でたまらなくて——あたし一晩に何回も何回もイッたの。もういつも朝になってパリスに連れ戻ってもらうときにはどろどろで死んだも同然で、翌日とその翌日くらいは動くことも、起きることだって出来なかったわ。パリスはなんだかいつもそれはそれは悲しそうで——無茶をしないでください、あんまり無茶なことだけはしないで下さいってうわごとみたいにいうけど、あたしはいつもぴしゃって云ってやったの。おだまり、あたしはしたいようにするのよ、だってあたしは幽霊なんだからね、って。——パリスはなんであんな悲しそうな顔であたしを見るのかしら？　せっかくだからパリスにも、お前もおし、って足をひろげてやったのに……最初はむしゃぶりついてきたくせに、途中からパリスってば、あたしの足をとじさせてポロポロ涙を流すようになったりして、てんで面白くなかったのよ、あいつってば……」

「……………」

グインはもう、逃げようとしてはいなかった。

その目はまた、光を——異様な光を取り戻し、食い入るように、おのれの《妻》であったはずの、見知らぬ女をにらみすえていた。

その激しい目を、シルヴィアは一歩もひかぬ激しさで見返した——とうてい、これほど弱っているとも、また、長いあいだ狂乱していたとも思えぬほどに、冷静でさえある、さながら戦場で好敵手を見据えるかのような挑発的な目であった。

「そう——そのうちに、でも、だんだん、お腹が痛くなってきたり——なんだかいろいろ変なことが起きてきて……パリスはもうやめて下さいと泣いて頼んだわ。お前が泣いて何になるのよと、いつもあたしはばかにしたんだけれどね。——でも、あいつが泣くのは気持よかったわ。だって、あたしのために泣いてくれたのはあいつだけだったもの。——でもそれももうおしまいね。パリスはあたしのために、嘘の自白をして、拷問されて——あらいざらいあることないことでっちあげられて、ケイロニア王妃を妊娠させた張本人、姦通の相手として処刑されるってわけね。そうやって、何もかもまたごまかせると思っているんでしょう。ごあいにくさまだわ——サイロンには、まだ、自分が＊＊＊＊だあの謎の貴婦人のことを覚えてる人間がいくらもいるのよ。もう二度とケイロニア皇帝家は体面を取り戻すことなんか出来やしないわ。ひそひそひそひそ噂はささやかれ、そうして決して消えてなくならない。そうなったら、どうする？　あたしを殺せば、まさしくその噂が史実だったんだ、ケイロニア王妃はサイロンの下町に忍び出て数え切れぬほどのいやしい労働者の男たちと乱交し、そうして誰のとも知れぬ子供をはらんだんだ、っていうあらたな確定の噂がたつだけよ。——ほうら、どうしたって、そうしたら、女官どもは全員死刑にしないわけにはゆかなくなるわよね。でももう何しても無駄なんだわ」

シルヴィアは笑い出した。

それは、カサカサとかわいた、ひどく不愉快な、だが恐しく痛快そうな笑い声だった。それはもはや、何もかも捨ててしまった女の、強烈な自虐と世界そのものを笑いとばす嘲笑であった。グインは身震いした。

「あたしを、どうするの？」

シルヴィアは長いこと笑っていてから、笑いおさめると、ようやく、するどい声をグインに叩きつけた。

「あたしを殺すの？　お母様にしたみたいに、毒をもってきてあたしに飲めという？　いいですとも――いつでも飲んであげるわ。どんな殺しかたでもいいわ。本当は一番いいのはあの夜と同じに、あなたが斬り殺してくれることだわ――でも、いまさら、こんなことをした《妻》を手にかけるほど、あなた親切じゃないわネ――それとも何事もなかったことにして、一生どこかに、あたしは狂ってしまったからってとじこめておく？　そうして、何事もなかったふりをしつづける？――でもうわさは、サイロンの街を走り……いつか、その毒はケイロニアをむしばみ――むしばみ――そうして……」

「――もういい」

グインは、はじめて口をきいた。

異様に切実な、だが痛切な悲哀をひそめた声だった。シルヴィアは黙らなかった。

「あなたはとても偉い英雄で将軍で救国のケイロニア王かもしれないけれど、でも、これだけの噂をあいてに出来ることなんて、誰にもそうはないはずよ……だってあいては何よりもたちのわるい、噂という、すがたかたちのない化け物なんだからね。それがケイロニア皇帝家全体をいやらしい不面目な醜聞のなかにまきこんだら、もう、あんただって、お偉いお父様だって無傷でなんかいられやしない。どれだけ、お偉くても高潔でも、御自分には一点非の打ちどころもなくても、お父様の娘が、ケイロニア王の王妃が、そんなことをしたといううわさが街を満たしたら、やがて、その毒はケイロニア全体にまわり、そうして……」

「俺は……」

悲痛な声だった。

グインは、シルヴィアの指を、おのれの手首からもぎはなした。そして、むざんに血の流れ出ている手首を茫然と見つめた。

「そんな話をきくために戻ってきたのではない――そんな話をきくために……」

「どんな話がきけると思っていたの?」

あざけるようにシルヴィアが云った。だがその声はグインには届いていないようだった。

「俺は――あなたを愛していた。……何も出来ぬ、不器用で……無力な、へまな良人だったかもしれないが……それでも、俺は本当にあなたを愛していたのだ」

悲痛な声で、グインは云った。

ふしぎなことに、それをきくと一瞬、シルヴィアは黙った。ふいに、その目にじわりとわき出てきそうになったものを、シルヴィアはだが、獰猛に押し戻した。

「もう、遅いのよ」

シルヴィアはかみつくように云った。

「もう、遅すぎたのよ。――もう、何をいってもむだ。――あたしを殺しなさい。さもなければ、一生、狂人として幽閉しなさい。そうして、ケイロニア皇帝家についた傷をなんとかしていやすために狂奔することだわ。それがあなたの最大の任務なんでしょう。ケイロニア皇帝家を守ることが」

「俺が守りたかったのは、ケイロニア皇帝家などではありはしなかった」

グインはつぶやいた。そして、のろのろと立ち上がった。

「あたしを殺しなさい」

シルヴィアはわめいた。グインは、奇妙な茫然とした悲哀にみちた目で、妻を――弱りはて、かわりはてたすがたでよこたわっているかよわい妻を見下ろした。その目のなかに、一瞬だけ、かつての情熱の遠い名残のようなものがきらめいた。

「誰もあなたを殺しはしない、シルヴィア皇女」

グインは云った。

「もう、お目にかからぬ。――俺のしたことはすべて――よかれとのみ思ってしたことだったのに、すべてあなたを傷つける方向に働いてしまったようだ。……おのれがこのように無力だと知っていたら、あなたに求婚したりするのではなかった。……あなたを守りとおせると思っていた、おのれの勘違いがうらめしい」

「…………」

シルヴィアはまたちょっと口をつぐんだ。そして、いくぶん、奇妙な不安にでもかられたような目で、グインを見て、からだを起こそうとした。

グインは、それにむかって、そっと頭をさげた。

「お体を早く癒されよ。――もう、お目にかかることはないだろう。すべての、俺ゆえにあなたに与えた苦しみが、なんとかして、年月の恵みにより、早く癒えてくださるように」

グインは云った。

「グイン」

シルヴィアのひびわれたくちびるがふるえた。

「グイン。待っ……」

「さようなら。シルヴィア皇女殿下」

グインは丁重すぎるほど丁重に云った。そして、そっとシルヴィアの上に掛け布をかけ直してやり、もう一回、正式の、ずっと身分が上の貴婦人にする騎士の礼をすると、そのまま、静かに石づくりの牢獄でもあれば、病舎でもある陰鬱な室を出ていった。

それが、ケイロニア王グインが、その王妃とこの世であいまみえた最後であった。

あとがき

栗本薫です。お待たせしました。二ヶ月ぶりの「グイン・サーガ」第百二十二巻「豹頭王の苦悩」をお届けいたします。

いやあ、それにしても陰惨な巻になってしまいましたねえ(^^;)こんなに陰惨にするつもりはなかったんですが、話のほうはどんどん深い闇のなかに転がり落ちていってしまうような感じで——実は先日、偶然桐生操さんの「処刑台から見た世界史」というこれまたたいそう陰惨な御本を読んでいて、「ウーム、王様なんかなるもんじゃないな」などと思っていたところだったんですが……

まあ、でも、このあとは少しづつ青空が見えてくるんじゃないかと思いますし……しかしやっぱり「奥さんを貰うときにはよくよく考えるように」というお手本みたいなものなのでしょうか。誰がどう悪いというわけでもない、いや、シルヴィアが自分を律せないのは悪いかもしれませんが、それは「病気」なんですから、ある意味しょうがないんだということは、私などにはなかなか切実にわかる気がするので、一概にシルヴィアを責める気持にはなれませんが、それにしても陰惨な夫婦関係です。ただ私的には、本当をいうとこの巻のラストのグインがちょっと……「あまりにあきらめがよすぎないか？」って気がしないでもなくて（苦笑）結局この人って女ごころってものは全然わかってない奴なんだなあ、と思ってしまうんですけれどもねえ。「もう駄目だ」「遅すぎた」なんて云えばいうだけ、女の人の気持ちとしては、それを「そんなことはない」「いまからでもやり直したい」といってほしいもので、本当に全然もう駄目だと思っていたら、「遅すぎたわ」なんて云ってないでとっとと縁を切ってしまいそうな気がするのですが――まあ、女性にもいろいろなタイプがあるから、いちがいには云えませんけれどもねえ。

ま、内容についてのお話はあまりにネタバレしてしまってもいけませんので、このへんにいたしまして、読んでいただくってことにいたしまして、きょうはどうも私、熱があります。このところちょっと忙しくというか、バタバタしていたものだから、その疲れも出たかもしれないし、急にうんと暑くなってまさに「夏！」って感じになってきたのも関係あるかもしれないんですが、けさから三十八度前後をいったりきたりしていてなかなか下がらない、それでもゲラが三本あるのでそれを見たりあとがきを二つ書いたりするくらいの気力はあって、意外と当人はそんなにしんどい感じでもないんですが、ちょっとしばらくたてになっているとぼわーっとしてきて、やっぱり熱があるんだなあ、っていう感じです。といったところで、まあたぶん暑気あたりか夏風邪ていどのものだろうと思うので、重篤な病気にかかわってる、という感じでもありませんが……この本が出てから少しすると、ポプラ社から「ガン病棟のピーターラビット」っていう、去年の十一月に黄疸で入院してから、三月にいったん最終的に退院するまでの闘病記のようなエッセイが出たりするので、病気のてんまつについてはそちらをご覧いただくのが一番いいかと思うのですが、まあでもなんとなく、手術から、六月二十日でちょうどまる半年たって、ちょっと自分のなかでも「一段落したかな」っていう気分があって、「もう病人じゃないんだ」と思いたいんだけど、ちょっとハードなスケジュールをすると、たちまち熱が出たりしてこの現実に引き戻されてしまう、やっぱりまだまだなんだなあ、という、そういう状態がこのところですね。体も気力のほうもかなり充実してきて、かなり気分的に焦ってというか、もどかしくなってきて「あれもやりたいし、これもやりたいし、しばらくやってなかったからどんどんいろんなことをやりたい」と思うんだけれど、いざ取りかかってみるとやっぱりからだがいうことをきかない、とか、すぐに熱を出してしまうとか。まあ、いまもまだ「過渡期」ではあるんだろうと思います。また「全快した」とはとうてい云えない、抗ガン剤を服んでは副作用でへろへろになって休薬期間でやっとほっとして、という繰り返しの最中にいるわけですから。

そのあいだに、でも、まだ五十一歳であられた氷室冴子さんの訃報をきいたり、野田昌宏宇宙軍大元帥が亡くなったりと、世の中はなんだかあわただしく、それにつけても「自分もいずれはそのあとについてゆくのかな」などと思ったりして、なんとなくものごとの見え方は確実に病気以前とは違っているような気がします。病気以前と以後でいろいろなことがかなり変わってきたのですが、最大の違いというのは「病気以前に好きだった食べ物が食べられなくなった」ことが困ることの第一。一番困っているのは納豆御飯が食べられなくなってしまったことで、これは一時的なものだとは思いますが、なんだか最近の私はグリーンイグアナさながら、果物ばかりで生きているような気がしたりします。あと、甘いものが前よりずっと食べられるようになったことで、これはでも、ちゃんと御飯が食べられないので、甘いものくらい食べてちゃんとカロリーを少しは維持しないと、ってことなのかもしれないなあ。いくらでも食べられるようになったとか、甘いものがおいしくてたまらない、なくてはすまされないと感じるようになった、っていうようなことじゃなく、以前よりずいぶん許容量があがった、って感じなんですけれどもね。でも、酒一切飲めなくなったので、そのかわりに甘いものが食べられるようになって、たまにケーキでコーヒー・ブレイク（あ、でもコーヒーも飲めなくなってねえ、完全なる紅茶党になってしまいました）したりするようになった、っていうのは実におおいなる違いだったなあ。

もうひとつの阿呆な話は「ピアノがうまくなった」ことで、これは皆さん、「肩の力が抜けた」とおっしゃって下さる。半年間ピアノ練習してなかったんだから、どんなに腕が落ちてるだろうとおそるおそる再開してみたら、リズムは正確になってるわ、タッチは柔らかくなってるわ、肩の力は抜けてるわで皆さんに「入院したなんていってピアノ合宿にいってたんじゃないの？」と疑われる始末で、まあ、たぶんそれは腕があがったわけじゃなくて、「落ち着いた」のかもしれない。とにかく走りがち、早くなりがち、リズムキープの難しい人だったのが、相当スローなものでもタイトにリズムをキープ出来るようになった、というのが、これはなんかえらくびっくりでしたねえ。肩の力っていうのは確かにとても入りがちな人間なので、まあ、力が抜けてよかったかもしれない。

でもまだ、半年たっても夜遊びはかなり負担になるし、やっとこの数日、右を向いても十五分内外は横になっていられるようになったくらいで——半年間、仰向けでしか寝られなかったんですよね。で、すごく背中が痛くなったりしてたんだけど、左は、一時間くらいは向いてられるようになったけど、あまり向き続けてるとお腹のなかがよじれてしまうんですけどね。でも右も向けるようになってきたので、とても嬉しいのでした。「寝返りが打てない」って実にでかいことなんですね、人間にとっては。これは入院で発見して、「そうだったのか」といたく感じ入ったことでしたが。人間てすごく沢山夜中に寝返りをうつんですね。で、それが出来ないとなると、通して寝られなくてほんとに一時間おきに目をさましては、いったん起きあがって背中をのばしたりしなくてはならなかった。横にちょっと向けるようになったら、三時間通して寝られるようになってきて、これは感激だったなあ。

まあ本当の意味で完全に普通の生活に復帰出来るためには、まず何をいうにも抗ガン剤が終わらなくてはいけないだろうから、そういうときがくるのかどうかはわかりませんが——でもまたそれは飲みながらでも、まずは普通に夜遊びしたり、旅行したり出来るようになればという——実はこないだ、横浜に旅行ともいえないような一泊旅行したんですけどね、やはりそのあとがかなりこたえてしまって、このいまの発熱もそのあとずっと熱が続いていたりするんで、「ウームやっぱりまだ無理だったかなあ」などとも思うのですが、でもまあ昼間のライブは毎月一応九月までは続けるつもりで予定も組んでるので、昼間についてはかなり復活したと思うんですが。夜ってのは、まだ半分も復活してない感じですね。

でもって、皆様に少々お知らせがございまして、実は「グイン・サーガ」、来年二〇〇九年をもって、「満三十歳」になります。一九七九年に第一巻が刊行されたので、ま、そういうことになるわけですね。だもので、早川さんでも、いろいろな記念企画、相当とてつもないやつもあるのですが、考えていてくださるようなんですが、そのまあ、三十歳の春（笑）に、実は、グインがついにテレビ・アニメーション化されることになりました。これは、私の信頼するプロデューサーのかたが、ずっともうこの十年ごしくらいになりましょうか、「グインをアニメに」というのを生涯の夢として悲願にしてくださっていたのが、その努力がついに実りまして、アニメとなることになったものでして、まあ、私自身は、この百巻以上ある小説をどうやってアニメにするのか、相当に大変だろうなあ、とむしろアニメーターの皆さんのことを心配したりしてしまうんだけれども、ただ、とてもグインを愛して下さるスタッフを得たので、こういう機会はもうないかもしれないとおまかせすることにしました。皆様にもいろいろとイメージも、云いたいこともおありになりましょうが、まずは「どちらもグインを愛してくれている人たち」なんだ、ということで、一番いいかたちでアニメになってゆけたらいいなあと思っています。これについての情報は、「www.guinsaga.net」で順次公開されてゆくということですので、よろしかったらぜひこちらもご覧下さい。私自身としては、とうとう「生きて動いているグインやナリスやイシュト」を見られるかな、という以前に、ちょっと見せてもらったパイロットフィルムの映像がなかなかスペクタクルだったので、そういう「スペクタクルな部分」にもおおいに期待しております。まあこれはとりあえずの第一報ということで、お心のどこかにとめておいて下さい。いい作品になってくれるといいですねえ。

　ということで、このような嬉しい御報告によってあとがきを終わらせていただきます。

今年は比較的おとなしい一年になりそうですが、そういうわけで来年はかなり大変そうです。私も、頑張って元気になっておかなくっては、ねえ。ではまた百二十三巻でお目にかかりましょう。そのときにはもうちょっとサイロンにも青い空がひろがっていることを祈りつつ。

二〇〇八年七月五日（土）

ススキノ探偵／東直己

探偵はバーにいる

札幌ススキノの便利屋探偵が巻込まれたデートクラブ殺人。北の街の軽快ハードボイルド

バーにかかってきた電話

電話の依頼者は、すでに死んでいる女の名前を名乗っていた。彼女の狙いとその正体は？

向う端にすわった男

札幌の結婚詐欺事件とその意外な顚末を描く「調子のいい奴」など五篇を収録した短篇集

消えた少年

意気投合した映画少年が行方不明となり、担任の春子に頼まれた〈俺〉は捜索に乗り出す

探偵はひとりぼっち

オカマの友人が殺された。なぜか仲間たちも口を閉ざす中、〈俺〉は一人で調査を始める

ハヤカワ文庫

原尞の作品

そして夜は甦る

高層ビル街の片隅に事務所を構える私立探偵沢崎、初登場！　記念すべき長篇デビュー作

直木賞受賞

私が殺した少女

私立探偵沢崎は不運にも誘拐事件に巻き込まれる。斯界を瞠目させた名作ハードボイルド

さらば長き眠り

ひさびさに事務所に帰ってきた沢崎を待っていたのは、元高校野球選手からの依頼だった

愚か者死すべし

事務所を閉める大晦日に、沢崎は狙撃事件に遭遇してしまう。新・沢崎シリーズ第一弾。

日本冒険小説協会賞最優秀短編賞受賞

天使たちの探偵

沢崎の短篇初登場作「少年の見た男」ほか、未成年がからむ六つの事件を描く連作短篇集

著者略歴　早稲田大学文学部卒
作家　著書『さらしなにっき』
『あなたとワルツを踊りたい』
『旅立つマリニア』『サイロンの
光と影』（以上早川書房刊）他多
数

HM=Hayakawa Mystery
SF=Science Fiction
JA=Japanese Author
NV=Novel
NF=Nonfiction
FT=Fantasy

グイン・サーガ⑫

豹頭王《ひょうとうおう》の苦悩《くのう》

〈JA931〉

二〇〇八年八月 十 日　印刷
二〇〇八年八月十五日　発行

（定価はカバーに表示してあります）

著者　栗《くり》本《もと》薫《かおる》
発行者　早川浩
印刷者　大柴正明
発行所　株式会社 早川書房
郵便番号　一〇一-〇〇四六
東京都千代田区神田多町二ノ二
電話　〇三-三二五二-三一一一（大代表）
振替　〇〇一六〇-三-四七七九九
http://www.hayakawa-online.co.jp

乱丁・落丁本は小社制作部宛お送り下さい。
送料小社負担にてお取りかえいたします。

印刷・株式会社亨有堂印刷所　製本・大口製本印刷株式会社

ISBN978-4-15-030931-2 C0193